琼瑶

作品大合集

雁儿在林梢

琼瑶 著

作家出版社

琼瑶，本名陈喆，作家、编剧、作词人、影视制作人。原籍湖南衡阳，1938年生于四川成都，1949年随父母由大陆赴台生活。16岁时以笔名心如发表小说《云影》，25岁时出版首部长篇小说《窗外》。多年来笔耕不辍，代表作包括《烟雨蒙蒙》《几度夕阳红》《彩云飞》《海鸥飞处》《心有千千结》《一帘幽梦》《在水一方》《我是一片云》《庭院深深》等。

多部作品先后改编成为电影及电视剧，琼瑶也因此步入影视产业。《六个梦》系列、《梅花三弄》系列、《还珠格格》系列等，影响至深，成为几代读者与观众共同的记忆。

琼瑶以流畅优美的文笔，编织了众多曲折动人的故事。其作品以对于梦的憧憬和爱的执着，与大众流行文化紧密结合，风靡半个多世纪，成为华文世界中极重要的文学经典。

我为爱而生，我为爱而写
文字里渡过多少春夏秋冬
文字里留下多少青春浪漫
人世间虽然没有天长地久
故事里火花燃烧爱也依旧

复禄

第一章

江淮倚着玻璃窗站着。

他已经不知道这样站了多久，眼光迷迷蒙蒙地停留在窗外的云天深处。云层是低沉而厚重的，冬季的天空总有那么一股萧瑟和苍茫的意味。或者，与冬季无关，与云层无关，萧瑟的是他的情绪？是的，自从早上到办公室，方明慧递给他那封简短的来信后，他整个情绪就乱了。他觉得自己像个正在冬眠的昆虫，忽然被一根尖锐的针刺醒，虽然惊觉而刺痛，却更深地想把自己蜷缩起来。

那封信，白色的信封，纯白镶金边的信纸，信纸的一角印着一个黑色的小天使。他从没看过如此别致而讲究的信笺。信上，却只有寥寥数字：

江淮：

我已抵台北，一月十日上午十一时来看你。

丹枫

一月十日上午十一时！今天就是一月十日！这封信是算好了在今晨寄到。他看看表，一个早上，这已经记不清是第几次看表。十点八分二十五秒！期待中的时间总是缓慢而沉滞。期待？自己真的在期待吗？不是想逃避吗？如果要逃避，还来得及。但，为什么要逃避呢？没有逃避她的理由。陶丹枫，这个听过一百次，一千次，一万次……却始终无缘一会的人！陶丹枫，他以为他一生也不会见到她，也不可能见到她，也从没有希望见到她，而她，却要不声不响地来了。既没有事先通知他，也没告诉他她的地址及其他一切。"我已抵台北"，就这么简单，什么时候抵台北的？英国与这里之间是一段漫长的旅程，即使喷射机已满天飞，这仍然是一段漫长的路！她来了！就她一个人吗？管她是一个人或不是一个人来的，她反正来了！他立即就要和她面对面了——陶丹枫，一个陌生的女孩。陌生？真的陌生吗？他瞪视着窗外的薄雾浓云，心脏就陡地沉入一个冰冷的、深暗的、黝黑的深海里去了。

他不知道自己在那个暗沉沉的深海里浮游了多久，蓦然间，敲门的声音打破了寂静，像轰雷似的把他震醒，他的心猛跳起来，浑身的肌肉都绷紧了，他听到自己的声音，沙哑而不稳定地响着：

"进来！"

门开了，他定睛看去，心情一宽，浑身的肌肉又都松弛了。门外没有陌生女人，没有陶丹枫，没有深海里的幽灵……而是笑容可掬、充满青春气息的方明慧。一个刚大学毕业，才聘用了半年多的女秘书。她捧着一大摞卷宗，口齿伶俐地报告着：

"编辑部把这个月出版的新书名单开出来了。美术部设计好了《捉月记》和《畸路》两本书的封面，请您过目。发行部说那本《山城日记》卖了两年才卖完，问还要不要再版？会计部已做好销售统计表，上个月的畅销书是那本《当含羞草不再含羞的时候》，一个月卖了四万本！广告部……"

听她一连串的报告，似乎还有几百件事没说完。而今天，他的脑子中没有书名，没有封面，没有出版计划！他捉不住她的音浪，盛不下她的报告。他做了一个阻止的手势，温和地说：

"好吧，把东西放在桌上，我慢慢来看！"

方明慧把卷宗送到桌上，对他深深地看了一眼，闪动着灵活的眼珠，又很负责任地叮嘱着说：

"每个部门都在催，说是十万火急哟！"

十万火急？人生怎么会有那么多十万火急的事呢？他不由自主地蹙紧了眉。方明慧识相地转过身子，往门口走去，到了门口，她忽然又回过头来，很快地说了几句：

"还有件最重要的事，那本《黑天使》的原稿您看完没有？作者今天打电话来催过了，如果不能用，她希望赶快退还给她。她说，别人是一个字一个字写出来的，希望您别丢到纸篓！"

《黑天使》！他脑中像有道电光闪过。《黑天使》！那部原稿寄到出版社来之后，他根本还没时间去翻阅。每个作者都以为自己的作品最重要，殊不知要看的原稿有成千累万！积压上半年还没动过的稿件太多了！但，《黑天使》，这名字怎么如此特别？如此熟悉？如此蓦然牵动了他的神经？他飞快地冲到桌边去，急促翻动着桌上的卷宗、原稿、设计图……焦灼地问：

"那部《黑天使》在什么地方？"

"您放在稿件柜里了。"方明慧说着，很快地找出了那份稿件，送到他的面前。

他跌坐在桌前的椅子里，迫不及待地把那摞稿纸拉到眼前。方明慧轻悄地走了出去，又轻悄地带上了房门，他浑然不觉，只是探索似的望着那稿笺。很普通的稿纸，每家文具店都买得着，稿件上有编辑部的评阅单，这是经过三位编辑分别看过后才送给他决定的稿子，那评阅单上密密麻麻地写着三位编辑的观感。他略过了这一页，望着标题下作者的名字——执戈者。

执戈者，一个男性的笔名，一个颇有战斗气息的名字，一个从没听过的名字。执戈者带着黑天使而来，使人联想到瘟疫、战争、死亡。他翻过了这一页，在扉页上，他读到了几句话：

当晚风在窗棂上轻敲，

当夜雾把大地笼罩，

那男人忽然被寂寞惊醒，

　　黑天使在窗外对他微笑。

　　他凝视着这几句话，不知怎的，有股凉意冷飕飕地爬上了他的背脊。他怔了几秒钟，这笔迹多么熟悉！熟悉得让人害怕！很快地，他找出了早上收到的那封信，重新抽出了那白色镶金边的信笺，他下意识地核对着信笺上和稿纸上的笔迹：是了！这是同一个人的笔迹！同样的清秀、飘逸而潇洒的笔迹！同样是老早老早以前就见过的笔迹！甚至，是同样用黑墨水写的！现在的人都用圆珠笔，有几个人还用墨水？他呆住了，脑子里有一阵混乱，一阵模糊，一阵惶惑……然后，就有好长的一段时间，他觉得脑子里是一片空白和麻木。在他眼前，那白信笺上的小黑天使，一直像个活生生的小动物般，在那儿扭动跳跃着。

　　他根本没有注意到她是怎样进来的，他完全没有听到开门和走动的声音。只是，忽然间，他抬起头来，就发现她已经站在他的桌子前面了。他睁大了眼睛，瞪视着她，不信任似的望着面前这个亭亭玉立的人影，不用介绍，不用说任何一句话，他也知道她是谁——陶丹枫。或者，不是陶丹枫，而是执戈者。

　　她站在那儿，背脊挺直，肩膀和腰部的弧线美好而修长。她穿着件黑色的套头毛衣，黑色灯芯绒的长裤，手腕上搭着件黑色长斗篷。她的脖子瘦长而挺秀，支持着她那无比高贵的头颅。高贵，是的，他从没见过这种与生俱来的高贵。她有一头乌黑的浓发，蓬松地在头顶绾了个漂亮的发髻，使她那本来就瘦高的身材显得分外修长。她面颊白皙，鼻子挺直，双眉入鬓而目光灼灼。她那薄而小巧的嘴角，正带着个矜持而若有所思的微笑。她浑身上下除了脖上挂着一串很长的珍珠项链外，没有别的饰物。尽管如此，却仍然有份夺人的气魄，夺人的华丽，夺人的高贵……使这偌大的办公室都一下子就变得狭窄而伧俗了。

他抽了一口气，眨眨眼睛，再仔细看她。忽然，他觉得喉中干涩，干涩得说不出话来。那美好的面庞，那尖尖的下巴，那眉梢眼底的神韵……依稀仿佛，全是另一个女人的再版！只是，那个女人没这份高贵，没这份华丽，没这份矜持与冷漠。那个女人爱笑爱哭爱叫爱闹，那个女人热情如烈火，脆弱如薄冰。不不，这不是那个女人，这是陶丹枫，这是执戈者，这是——黑天使。

"你——"她忽然开了口，声音低柔而略带磁性，"就预备这样一直瞪着我，而不请我坐下来吗？"

他一愣，醒了。从这个迷离恍惚的梦中醒过来，他摇摇头，振作了一下，竭力想摆脱那从早就压在他肩头心上的重负。他再眨眨眼睛，再仔细看她，努力地想微笑——他自己都觉得，那微笑勉强而僵硬。

"你必须原谅我，因为你吓了我一跳。"他说，声音仍然干涩，而且，他很懊恼，觉得自己的措辞笨拙得像在背台词。

"为什么吓了你一跳？"她问，微微地挑着眉梢，深黝的眼睛像暗夜的天空，你不知道它有多深，你看不透它包容了多少东西。"我敲过门，大概你没有听见，你的秘书方小姐说你正在等我。”

他站起身来，正对着她，他们彼此又注视了好一会儿。终于，他有勇气来面对眼前的“真实”了。

“我不知道我是不是在等你，”他说，嘴边的微笑消失了，他仔细地打量她。“我本来在等丹枫，她从英国来，可是，忽然间，丹枫就变成了另一个人，一位作家，名叫执戈者。”

她的眼光飘向了桌面，在那摊开的稿件和信笺上睃巡了一会儿，再抬起睫毛来的时候，她眼底有着淡淡的、含蓄的、柔和的笑意。但是，那笑容里没有温暖，却带点儿酸涩，几乎是忧郁的。她发出了一声低低的轻叹：

“是这件事吓了你一跳？”

“可能是。”

她深沉地看他。

“你是个大出版家，是不是？许多作者都会把他们的作品寄来，是不是？这不应该是件奇怪的事呀。但是，显然的——”她的眼光黯淡了下去，“如果我不提醒你执戈者与陶丹枫之间的关系，你不会翻出这篇《黑天使》来看，它大概会一直尘封在你的壁橱里。有多少人把他们的希望就这样尘封在你这儿呢？”

他迎视着她。那眼光深邃而敏锐，那宽阔的上额带着股不容侵犯的傲岸，那小巧的唇角却有种易于受伤的敏感与纤柔，这纤柔又触动了他内心底层的伤痛。多么神奇的酷似！

“我很抱歉。”他出神地看着她，那眉梢，那眼角，那鼻梁，那下巴，那嘴唇……天哪！这是一个再版！他费力地约束自己的神志，"我不会把别人的希望轻易地抛置脑后，我的职员会一再提醒我……"

"我注意到了，"她很快地打断他，"你有个很好的女秘书，又漂亮，又机灵。"像是在答复她的评语，方明慧推门而入，手上拿着个托盘，里面有两杯热腾腾的茶。她笑脸迎人地望着江淮和陶丹枫，轻快而爽朗地笑着说：

"今天阿秀请假，我权充阿秀。"发现两个人都站在书桌前面，她怔了怔，微笑地望向江淮："您不请陶小姐到沙发那边坐吗？"

一句话提醒了江淮，真的，今天怎么如此失态？是的，自从早上接到丹枫的信后，他就没有"正常"过。太多的意外，太多的惊奇，太多的迷惑，太多的回忆……已经把他搅昏了。他惊觉地走到沙发旁边——在他这间私人办公室里，除了大书架、大书桌、大书柜之外，还有套皮质的沙发靠窗而放。他对陶丹枫说：

"这边坐吧！"

她走了过来，步履轻盈而文雅，那种高贵的气质，自然而然地流露在一举手、一投足之间。她坐了下来，把黑色的披风搭在沙发背上。方明慧放下了茶，对丹枫大方而亲切地笑笑，丹枫对她点头致谢，于是，那活泼的女孩转身退出了房间。丹枫四面打量，又一声轻叹：

"我发现，你有一个自己的王国。"

"每个人都有个自己的王国。"他不自禁地回答，"王国的大小，不在于生活的环境，而在胸中的气度。"

　　她的眼睛闪过一抹奇异的光芒，紧紧地停驻在他脸上。这种专注的注视使他不安，他觉得她在透视他，甚至，她在审判他。这对眼睛是深沉难测而敏锐的。她多少岁了？他在心中盘算、回忆，二十二或二十三？她看起来比实际的年龄还要成熟。国外长大的孩子总比国内的早熟，何况，二十二三岁也是完全的大人了。

　　"你在想什么？"她问。

　　"想你的年龄，"他坦白地回答，沉浸在自己的回忆里，"如果我记得没有错，你今年是二十二岁半，到十月，你才满二十三岁。是的——"他咬咬牙，胸中掠过一阵隐痛。"那时候，每到十月，我们都给你准备生日礼物。你的生日是——"他的眼睛闪亮，"十月二十一日！"

　　她的眼睛也闪亮，但是，很快地，她把睫毛低垂下来，藏住了那对闪烁的眸子。半晌，她再扬起睫毛，那眼睛又变得深沉难测了。

　　"难得你没忘记！"她说，声调有一些轻颤，"我以为你早上收到信的时候，可能会说，陶丹枫是谁？"

　　"你——"他急切地接话，伪装已久的面具再也挂不住了，他瞪视着她，热烈地低喊，"丹枫，你怎么可能这样冷酷？这样沉静？这样道貌岸然？你怎么不通知我你的班机？你怎么不让我安排你的住处？你怎么不声不响地来了？你——居然还弄了个黑天使来捉弄我！丹枫，你这么神秘，这么奇怪，这么冷淡……你……你真的是我们那个亲爱的小妹妹吗？那个被'充军'到异国的小妹妹吗？那个我们每天谈着、念着的小妹妹吗？"

一股泪浪猛地往她眼眶里冲去，她的眼睛湿润了。那白皙的双颊上立即涌上了两片激动的红晕，她扭转了头望着窗外，手指下意识地在窗玻璃上划着，由于室内室外的气温相差很远，那窗玻璃上有一层雾气。她无心地在那雾气上写着字，嘴里模糊地低语：

"我并不神秘，我回来已经三个月了……"

"三个月！"他惊叫，激动惊奇而愤怒，"你回来三个月才通知我！你住在什么地方？"

"我租了一间带家具的小公寓，很雅致，也很舒服。"她仍然在窗玻璃上划着，"我每天在想，我该不该来看你，如果我来看你，我应该怎样称呼你？叫你——江淮？还是——姐夫？"

他手里正握着茶杯，她这声"姐夫"使他的手猛地一颤，水溢出了杯子，泼在他的身上，他震颤地放下了茶杯，杯子碰着桌面，发出清脆的响声。他挺了挺背脊，室内似乎有股冷风，正偷偷地吹袭着他。他从口袋里拿出烟盒，取了一支烟，打火机连打了三次，才把那支烟点着。吐了一口大大的烟雾，他看向她。她依然侧着头，依然在窗玻璃上划着，她没有回过头来，自顾自地，继续低语：

"我去姐姐的墓地上看过了，你把那坟墓修得很好。可是，墓碑上写的是'陶碧槐小姐之墓'，我知道，她始终没有幸运嫁给你。所以，我只能称呼你江淮，而不是姐夫。"她回过头来了，正视着他，她的眼珠清亮得像黑色的水晶球，折射着各种奇异而幽冷的光彩。"江淮，"她幽幽地说，"我很高兴见到了你。"

他审视了她几秒钟。

"唔。"他哼了一声，烟雾从他的鼻孔中冒出来，他不稳定地拿着那支烟，眼光望着那袅袅上升的烟雾。"丹枫，"他勉强地、苦恼地、艰涩地说着，"关于我和你姐姐，这之间有很多事，都是你完全不了解的！……"

"我知道，"她打断了他，"听说，姐姐很柔顺，她不会有对不起你的地方吧？"

他一震，有截烟灰落在桌面上，他紧盯着她。

"当然，"他正色说，"她从没有对不起我，她善良得伤害不了一只蚂蚁，怎会做对不起人的事！"

她的眉毛微向上扬，那对黑色的水晶球又在闪烁。

"好了，"她说，"我们先不要谈姐姐，人已经死了，过去的也已经过去了……"她望着他手上的烟："给我一支烟，行吗？"

"你也抽烟？"他惊奇地问，语气里有微微的抗拒。

"在伦敦，女孩子十四岁就抽烟。"她淡淡地回答，接过了他手里的烟，熟练地点燃。他凝视她，她吸了一口烟，抽烟的姿势优雅而高贵，那缕轻轻柔柔的烟雾烘托着她，环绕着她，把她衬托得如诗、如画、如幻、如梦……他又神思恍惚起来。

"姐姐抽烟吗？"她忽然问。

"是的。"他本能地回答。

“哦?”她惊奇地扬起了睫毛,“我以为——她绝不会抽烟。”

“为什么?”

“因为,很明显,你并不赞成女孩子抽烟,你不赞成的事,她就不会做。”

他怔了怔。

“你怎么知道我不赞成女孩子抽烟?”他问。

“你赞成吗?”她反问。

“不。”他坦白地说,“你的观察力很强,我不喜欢女孩子的手指上有香烟熏黄了的痕迹。”他下意识地去看她夹着香烟的手指,那手指纤柔白皙,并没有丝毫的烟渍。“你很小心,没有留下烟痕。”

“姐姐留下了吗?”她又问。

他蹙起眉头。于是,像是猛然醒悟到什么。她坐正身子,抬了抬那美好的下巴,提高了声音,清晰地说:

“对不起,说过了不再谈姐姐。我今天来,并不完全以陶碧槐的妹妹的身份来的,我在练习写作,可是……”她轻声一叹,“你显然还没看过我的作品!”

“我会看的!”他急促地说,“给我一点时间!”

“你有的是时间,我会在台湾住下去。”

他困惑地看她。

“我以为你学的是戏剧,我以为你正在伦敦表演舞台剧。”

“我表演过。”她说,“演过《捉鼠机》,也演过《万世巨星》,都是跑龙套的角色,是他们的活动布景。我厌倦了,所以，我回来想换一种生活方式。"

"你一个人回来的吗?"

"一个人!"

"为什么事先不通知我?"

"我独来独往惯了，"她望着烟蒂上的火光。"这些年来，即使是在伦敦，我也是一个人。我母亲……"她沉吟片刻，熄灭了烟蒂。"她和她的丈夫儿女，一直住在曼彻斯特。"她抬眼看他，忽然转变了话题。"我会不会太打扰你了，我知道你是个大忙人! 我想，如果我识相的话，应该告辞了。"她站起身来，去拿那件披风。

他飞快地拦在她前面。

"你敢走!"他激动地说。

"哦?"她仰头看他，眼里有着惊愕。

"如果你不跟我一起吃午饭，如果你不把你这些年来的生活告诉我，如果你不带我到你的住处去，如果你不让我多了解你一些……"他大声地、一连串地说着，"你休想让我放你走!"

她的睫毛向上扬着，她的眼珠亮晶晶地闪耀着光芒，一瞬也不瞬地盯着他，她的嘴角微向上弯，一个近乎凄楚的笑容浮上了她的脸庞，她闪动着眼睑，眼底逐渐流动着一层朦胧的雾气。她微张着嘴，半晌，才吐出了声音：

"你实在不像个冷漠的伪君子，我一直在想，你是神仙还是魔鬼? 你何以会让我姐姐那样爱你? 现在，我有一点点明白了……"她眼底的雾气在加重。"江淮，"她清晰而幽柔地说，"你怎么允许她死去？"

他迅速地背转身子，不让她看到他的脸，他呼吸急促，肌肉僵硬，全身心都笼罩在一份突发的激情里。然后，他觉得有一只纤柔而温暖的手轻轻地握住了他。他不自主地浑身一震，这手是传电的吗？再然后，她的声音和煦如春风，在他耳边轻轻响起：

"听说，台湾的四川菜最好，请我去吃川菜，好吗？"

他回眼看她，她已经披上了那件黑丝绒的长斗篷，浑身都浴在一片黑里，可是，那白皙的脸庞上漾着红晕，那小小的嘴唇绽着轻红。他想起古人的词句，"唇不点而红，眉不画而翠"！再加上那盈盈眼波和那遍布在整个脸庞上的、近乎是圣洁的笑容。天哪！她多么像碧槐！她又多不像碧槐！她高雅得像一尊神祇，而那笑容却是属于天使的。天使！他心中惊愕，黑天使！黑天使代表的是什么？欢乐还是哀愁？善良还是罪恶？幸福还是不幸？摇摇头，他不愿再想这个问题。

伸出手去，他揽住了她的肩。

"我们走吧！"他说。

第二章

这家咖啡厅小小巧巧的，坐落在新开建的忠孝东路上。装饰得颇为干净雅致，白色的墙、原木的横梁、原木的灯架和古拙的木质桌椅，颇有希腊小岛的风味。江淮和丹枫坐在咖啡馆的一角，已经坐了很久很久了。隔着玻璃窗，可以看到窗外的街景，他们一起吃过午餐，又一起到了这儿。

街上已薄薄地蒙上了一层暮色，冬季的白昼总是特别短，今天的白昼似乎比平日更短。丹枫斜靠在那厚厚的椅垫中，眼光若有所思地望着窗外穿梭的街车，那些车子，有的已经亮了灯，灯光过处，总在她脸上投下一道光晕。她的手指拨弄着一个银色镶黑边的打火机，打火机敲在木质的桌面上，发出"笃笃笃"的响声，似乎在给她的叙述打着拍子。她静静地说着，说得那么平静，那么稳定，那么自然。却又在那平静与稳定的底层，带出某种难以解释的哀愁与淡淡的无奈。

"我常想，当初我或者该留在台湾，跟姐姐住在一起。但是，那是件做不到的事，无论如何，那年姐姐已经读大学，而我才十四岁。命运要让我那守寡的母亲，去爱上一个英国人，命运要让我们姐妹母女分离，什么话都没得说。我想，妈妈和姐姐分开也够痛苦。碧槐，她有她的固执和痴情，她总不能原谅妈妈去嫁给外国人。或者，她对爸爸的印象比我深，也或者，她还有中国那种保守的观念，女子从一而终。总之，在我的印象里，姐姐是个外柔内刚而古典的女孩。"她抬眼看他，轻问了一句，"她是吗？"

他喷出一口烟雾，沉思着，没有回答。她也没有等待他回答，又自顾自地说了下去：

"总之，我们到了英国，一切都比想象中艰苦，我的继父并不富有，他常常失业，我母亲在四年中给他添了三个儿女，实在是伟大。他们在短短的一两年间就变成了地道的英国家庭，我成了全家唯一的不协调者。天知道那时候我有多难过，弟、妹占去了母亲全部的精力，我像一只被放逐的、离群的孤雁。只有碧槐，她不断给我写信，安慰我，鼓励我，她成了我精神上的支柱。"

她停住了，喝了一口咖啡，抬起睫毛，静静地望着他，轻声说：

"我何必告诉你这些，你都知道的，是不是？"

他点点头，说：

"我知道，可是，我还是喜欢听你说。"

她沉吟了一下，取出一支烟，他帮她点燃了火。她轻轻地、优美地抽着烟，那轻柔的动作，使抽烟也变成了一项艺术。他深深地研究着她：那微带欧化的娴雅，那深邃的眼神，那细致的谈吐……不，她不像碧槐！他再定睛看她；那眼角的轻愁，那唇边的无奈，那眉端的微颦……不，她正是碧槐！

"不再跟你谈你所知道的事了。"她摇摇头，接着说，"然后，有一天开始，碧槐的来信里充满了你的名字，你的身高，你的年龄，你的体重，你有多少根头发，你有多少个细胞，你的幽默，你的才华，你的努力，你的奋斗，你的学问，你的漂亮，你的潇洒……你的一切的一切！你是人上之人，万神之神！"

她一口气地说着，那么流利，那么顺口，这一连串的句子却像串鞭炮般猝然响起，震痛了他每一根神经。他不由自主地向沙发深处靠进去，似乎想把自己藏起来。而那绞心的痛楚却不容许他逃避，他蹙紧了眉，闭上了眼睛。内心深处，有个小小的声音却在那儿辗转轻呼：碧槐！碧槐！碧槐！

"你知不知道，那时候你不是碧槐一个人的，你也是我的！"她坦率地说着。他睁开眼睛，立即接触到她那晶亮的眸子。"虽然我才十六岁，但脑子里已经塑满了你的影子，每晚，当我母亲和继父在晚祷的时候，我的祷词里只有你和姐姐！然后，我的生活更艰苦了，面临升学与就业的选择，又是姐姐和你来救我，你们给我寄学费来，不停地寄，我的学费多么昂贵！我到了伦敦，专攻戏剧，姐姐每封信都对我说，你的事业越来越成功了，这一点儿学费不算什么。不算什么？怎能不算什么？"她紧盯着他，"我告诉我自己，这些钱算我借的，我要还。我念得很苦，白天，猛攻我的学位，晚上，猛补我的中文，我从没有丢掉我的中文。"

他想着现在还摊在自己办公桌上的那本《黑天使》，想着那扉页上的题词，点了点头。

"不仅没有丢掉，"他说，"你一直在研究中国文学，是不是？"

"是的。我看《红楼梦》，看老舍，看徐志摩，看《水浒传》，也看《聊斋志异》，我看了很多书。"

他不语，赞赏地望着她。她拿着香烟的手很稳定，烟雾往上升，眼底也有些轻烟轻雾。

"之后，忽然间，姐姐的信变少了，越来越少了。不但变少了，而且变短了，但是，她仍然寄钱来，每个月都寄。她拼命要我用功，世上怎会有如此好的姐姐？然后，一下子，姐姐不再写信来了，我只是按月收到支票，我想，碧槐快结婚了，她一定忙着布置新居，一定忙着帮我那未来的姐夫去扩充他的事业，她没有那么充裕的时间给她的妹妹写信……何况，那时，我也在忙，忙于毕业考，忙于排演，忙于交男朋友，忙于跳舞，忙于在嬉皮店里流荡……"她熄灭了烟蒂，用手支住额，眼底的雾气在加重。"直到我通过了毕业考，我发电报给你和姐姐，才收到你的回信……"她抬起眼睛，望着他，脸色在一瞬间变得无比地严肃和庄重。"你告诉我，姐姐已经死了半年了。我至今保留着你那封信，那封信写得太美太好太凄凉。"

他注视着她那盈盈欲语的眸子，注视着她那轻轻嚅动的嘴唇，注视着她那眉端的轻愁……他猛然坐正身子，熄了烟，粗声说："别谈那封信，别谈你姐姐，谈谈你。为什么后来你不给我消息了？"

"谈谈我？"她挑挑眉梢，又拨弄着那个打火机，"我的事没有什么值得深谈的。这许多年来，从我十四岁到二十一岁，我的生命，不论在精神上还是物质上都依赖着姐姐而存在，虽然我们之间隔了一大段山和海。然后，我知道碧槐死了，我生命的支柱倒下去了。我也知道，是该我独立的时候了。这一年半以来，我就在努力学习'独立'。"

"说详细一点。"他命令地说。

"详细也是那么简单。"她难得微微一笑，笑容里也带着轻愁，"我在表演，演舞台剧，跑龙套。我赚钱，拼命地赚钱，工作得很苦很苦，赚钱的目的只有一个，回台湾，看看我姐姐的墓地，看看我那个从未谋面的姐夫！"她眼光如水："不，我不该叫你姐夫，只能叫你江淮。江淮——"她声音低沉如梦："你这个傻瓜，你为什么不在她死以前娶她？那么，我在台湾，多少还找得到一个亲人！"

他微微震动，在她那默默含愁的眼光下惊悸了。他的声音不自觉地带着沙哑："我记得我在信里对你说过，她是死于……"

"心脏病！"她轻声接话，"老天在很多不幸中还安排了一件好事，没有让她多受痛苦。"

他面部肌肉僵硬，低下头去，望着手里的咖啡杯，咖啡已经冰冷。褐色的液体躺在白瓷的杯子中，没有丝毫的热气。

他忽然想起碧槐最后的脸孔，白得就像这白瓷一样，冰得也像这白瓷一样，他打了个寒噤。

"真糟！"她叹口气，"我们谈话的内容总离不开死亡。"她歉然地看他，眉尖轻蹙，不胜同情。"我知道这话题让你并不好受，对我也是。"她掉头望向窗子，手指又下意识地在玻璃窗上划起来了。"再谈我吧，很简单的几句话，我回来了，故意不想让你知道，因为姐姐去世已经两年，我想你大概也已找到了你的幸福……"她顿住了，回眼看他，忽然问，"你找到了没有？"

他看着她，心里有些明白，她在明知故问。

"曾经沧海难为水，除却巫山不是云！"他低低地念，低得只有自己听得到。

"我不懂你在嘀咕些什么。"她说，"可是，我来了已经三个月了，打听了很多关于你的事，这两年，你的事业发展得很快，成了出版界的巨子。很多知名作家都被你网罗了，你有个独立的办公大楼，有家印刷厂，有自己的发行网，有座漂亮的公寓，有台雪佛兰……唯独，没有一个妻子！那么，"她的声音又轻柔如梦了，"你依然没有对姐姐忘情，是吗？"

他咬咬牙，没说话。抬起眼睛，他扫了她一眼，三个月，她来了三个月！打听了很多事情。一种朦胧的不安向他笼罩过来，凉意又爬上了他的背脊。但是，她沉坐在那儿，沉静、娴雅、高贵、细致而温柔。他看不出她有什么特别的地方。

"假如你已经结婚了，我就不会再来打扰你平静的生活。"

她继续说，"我租了一间公寓，开始写点东西，然后，我觉得，我应该来看你了……所以，我今天到了你的办公室。"她啜了一口咖啡，微微露出两排整齐细小的白牙齿，像两排珍珠："这就是有关我的一切。既不神秘，也不奇怪。江淮，你会对我的出现烦恼吗？"

他正眼看她。"是的。"他坦白地说。

"为什么？"

"你唤回了很多往事，撕开了一个已愈合的伤口，使我这两年来的努力一下子化为虚无。"他凝视她，摇了摇头，"有没有人告诉过你，你长得非常像碧槐？"

她点点头。

"我知道，碧槐常寄照片给我，母亲说，我越大越像碧槐，本来嘛，我们是一个模子里印出来的！"

他再度打量她那宽宽的额，那眼睛，那嘴唇，他从齿缝里吸了口气，似乎什么地方在发痛。她的眼光又调向了窗子："天都黑了，"她说，"不知不觉，就出来了一整天，我该回去了。"

"我请你吃晚饭！"他很快地说。

"我似乎一直在吃，"她笑笑，那笑容生动而温存，"中午，你请我吃了川菜，然后，到这儿来你又请我吃了蛋糕，喝了咖啡。不，我不预备再和你一起吃晚饭，谈了这么多，我什么都吃不下，我要回家了。"

"回家？"他微微一怔。

"我说错了。"她立即接话，"家的意义不应该单纯指一个睡觉的地方。这些年来，我都没有家，我是一只流浪的孤雁。现在，我要回到那暂时的栖息之处去。你知道一支英文歌吗？歌名叫《雁儿在林梢》？"

"《燕儿在林梢》？"

"不是燕子的燕，是鸿雁的雁。"

"嗯，我不知道。"

"你知道吗？鸿雁是一种候鸟，它的体形很大，通常它只能栖息在水边的草地上或沼泽之中。可是，有只孤雁却停在林梢，那是站不住的，只能短暂地栖息一下，那是无法筑巢的。"她若有所思地住了口。

"哦？"他询问地看着她。

"那歌词里有这样几句，"她侧着头想了想，很清晰、很生动地念，"雁儿在林梢，眼前白云飘，衔云衔不住，筑巢筑不了。雁儿雁儿不想飞，白云深处多寂寥！"她停住了，脸上那若有所思的神色更重了，她没看他，眼光穿过窗玻璃，停在一个不知名的地方。

"这不像一支英文歌，"他感动地说，"倒像一首古诗。"

"我用了些时间来翻译它！"她的眼光收回来了，用手托着下巴，支着颌，注视了他一会儿。然后，深吸了口气，她振作了一下，坐直身子，把桌上的打火机和香烟盒都扔进了皮包，她故作洒脱地笑了笑。"好了，雁儿要去找她今晚的树枝了！"

他忽然伸出手去，一阵激动控制了他，他无法自抑地握住了她那只正在收拾东西的手，他握紧了她。

"那么，你请我吃晚饭吧！"他说。

她温存地凝视他："你的意思是，你要到我那临时的雁巢里去看看？"

他默然不语。

"来吧！"她说，站起身来。

晚风拂面而来，天气是阴沉欲雨的，夜风里有潮湿的雨意，凉凉地扑在他们额际和颈项里。他为她披上了那件黑斗篷，她身材修长，婷婷然，袅袅然，飘飘然。他说："你不像一只孤雁。"

"是吗？"

"你像一只天堂鸟。"他顿了顿，"你知道什么是天堂鸟吗？"

"你告诉我吧！"

"天堂鸟是一种稀世奇珍，它有漂亮的、翠蓝色的羽毛，有发光的、像伞和火焰一样的尾巴，它还有颗骄傲的小脑袋和皇冠一样闪烁的头冠。它生长在人迹罕至的地方，是可遇不可求的。"

她扫了他一眼。

"谢谢你的赞美，"她说，"姐姐呢？她像什么？也是一只天堂鸟吗？"

"她吗？"他沉思着，不知如何回答。街边上，他那辆雪佛兰正停在那儿。他打开了车门，"上车吧！"他潦草地结束了正谈到一半的话题。

几分钟以后，他已经置身在她那小小的"雁巢"里了。走进去，他就觉得神清气爽，这小屋简单而大方，只有一房一厅、一个小厨房和一间浴室。米色的地毯，橘色的沙发和窗帘，显然都是房东原来的东西。只是，在原有的木架上陈设了许多精巧别致的摆饰。例如一个丹麦瓷的芭蕾舞女，一对铜雕，一些笨拙有趣的土偶。以及一窝大大小小的泥制斑鸠。她说："我有很多可爱的小玩意儿，可惜无法带回来。反正，走到哪儿都是暂时的，也就不做长久打算了。"她指指沙发，"你坐一下，我去换件舒服一点的衣服。"

她走进了卧室，他站在小屋里，四面打量，有酒柜，有冰箱，有张小书桌……这是那种专门租给观光客小住的公寓，说穿了，也就是带厨房的旅馆。他走到书桌前面，本能地翻了翻桌上的稿笺，有张写了一半的稿纸，压在一本厚厚的中文字典底下，他抽出来，职业化地去看上面的字迹，于是，他看到一首很有古意的小诗：

春风吹梦到林梢，

鹊也筑巢，

莺也心焦，

忙忙碌碌且嘈嘈，风正飘飘，

雨正潇潇。

今朝心绪太无聊，

怨了红桃，

又怨芭蕉，

怨来怨去怨春宵，

风又飘飘，雨又潇潇！

　　他念着上面的句子，一时间，觉得情思恍惚。中国的文字就这么神奇，几个字就可以勾发出人藏在内心深处的东西。他握着这张纸，默默发呆，怔怔冥想，陷进了一种近乎催眠似的状况里。直到身后有个轻柔的声音，打破了室内的寂静：

　　"前几天在读蒋捷的《一剪梅》，忍不住要抄袭一下。我不懂诗词，不懂平仄，不懂音韵，我只是觉得写着好玩。你是行家，不许笑我！"

　　他回过头去，蓦然觉得眼前一亮。她已经从头到脚换了装束，头上的发髻解开了，披了一肩如水般光亮的长发，带着自然的鬈曲。她身上穿了件白色的软缎长袍，直曳到地，拦腰系了根白色的绸带子，袖子宽宽大大的，半露着雪白的胳膊。她站在那儿，白衣飘飘，如云，如絮，如湖畔昂首站立的白天鹅，如凌波仙子，飘然下凡，浑身竟纤尘不染！他呆了，他是真的呆了，瞪视着她，像着魔般一动也不动。

　　"怎么了？"她问，微笑着，黑眼珠是浸在水晶杯里的黑葡萄，"有什么事不对吗？"

　　"哦！"他回过神来，不自禁地吐出一口长气，"你又吓了我一跳！"

　　"你怎么这样容易被吓着？"

　　"你从全黑，变成全白，从欧化的黑天使变成纯中式的风又飘飘，雨又潇潇！好像童话故事里的仙女变化多端，而每个变化都让人目眩神驰！"

　　她对他微微摇头，走到酒柜边，取出两个水晶玻璃的酒杯，拿了一瓶白兰地走到沙发前面。她一面开瓶，一面说："怪不得姐姐说你会说话，今天一整天，我说得多，你说得少，我以为你是沉默寡言的，谁知，你一开口就会讨人好！"她凝视他，"有几个女人，像姐姐一样为你发狂过？"

　　他震动了一下，摇了摇头。

　　"没有？"她扬了扬睫毛，在杯子里倒了些酒，忽然停住手说，"我忘了问你，是不是喝酒？要喝什么酒？还是要喝咖啡？"

　　"都不必，给我一杯茶就好了。"

　　"茶——"她拉长了声音，笑了。放下酒杯酒瓶，转身要往厨房走。"好，我去烧开水，我想，我的'中国化'还不够彻底，不过，我可以慢慢学习。"

　　他很快地拉住了她。

　　"不要麻烦了！"他急急地说，"我偶尔也喝杯酒，而且，并不反对喝酒。"

　　"真的吗？"她有点迟疑。

　　"真的。"他肯定地说，"再说，今天也应该喝酒，中国人有个习惯，碰到喜庆的日子，就该喝酒庆祝。"

　　"外国也一样。"她说，坐了下来，注满了他的杯子，"不过，今天是什么节日呢？"

　　"见到你，就是最好的节日。"他一本正经地说，用杯子碰了碰她的杯子，柔声地、清晰地、感动地、诚挚地再加了句，"欢迎你归来，丹枫！"

　　她眼里迅速地蒙上了一层泪影，把酒杯送到唇边，她浅浅地啜了一口，身子软软地靠进了沙发深处，那白袍子的袖管滑了下去，她的胳膊白嫩而纤柔。她半垂着睫毛，半掩着那对清亮的眸子。一层淡淡的红晕染上了她的面颊，她的嘴唇翕动着，像两瓣初绽开的花瓣，声音里带着克制不住的激动："我三个月前就该去见你！我居然浪费了三个月的时间！我真不能原谅自己！"她把酒杯放在裙褶中，双腿蜷缩在沙发上，头往后仰，靠在沙发背上面，那黑色的长发铺在那儿，像一层黑色的丝绒。她的睫毛完全盖下来了，接着，那睫毛就被水雾湿透，再接着，有两颗大大的泪珠，就从那密密的睫毛中滚落了下来，沿着面颊，不受阻碍地一直滑落下去。她轻声地、叹息地、软软地说了句："我不想再飞了，我好累好累，姐夫，请你照顾我！"

他猝然惊跳，心脏紧紧地收缩起来，他怔怔地凝视她，在这一刹那间，就心为之摧，神为之夺了。

第
三
章

　　下了课，江浩抱着他那厚厚的一大摞英国文学走出校门，
向自己租的"宿舍"走去。这座学校坐落在淡水的市郊，依
山面海，环境清幽，倒是一个极好的念书的所在。可惜距离
台北太远，学校的宿舍又有限，所以，很多学生都在淡水镇
上赁屋而居，也有许多房东，把房子分隔成一间间小鸽笼租
给学生们，成为另一种"学生宿舍"。

　　江浩也有这样一间"宿舍"，只是，他这间属于高级住
宅区，房租比较贵，在市镇的外缘，是一排红砖房中的一
间。当初，这排红砖房兴建是想当旅馆用的，盖了一半，屋
主没钱再盖下去，淡水毕竟也不能算是游乐区，于是，这些
房子也就只有租给学生们了。江浩住的那间，可以远眺海港
的渔火，也可以近观高尔夫球场的青翠。可是，像所有二十
来岁的大男孩子住的房间一样，他这屋里永远杂乱、拥挤、
肮脏……到处散落着书籍和唱片，每次自己进门，都常有无

处落脚的困难。他对这种困难完全安之若素，他认为，只要活得自由舒适，脏乱一点儿也无关紧要——他称这间小屋为"蜗居"。

这天下午，他抱着书本往"蜗居"走去。刚开学不久，春天的阳光带着暖洋洋的醉意，温温软软地包围着他。空气里有松香和泥土的气息，从那忠烈祠吹过来的风里，带着他熟悉的烟火味，正像那庙宇的钟声，总给他那年轻的、爱动的、热烈的胸怀里，带来一抹宁静与安详。

这个下午，他很知足。

这个下午，他很快乐。

这个下午，他认为阳光与和风都是他的朋友，无缘无故地，他就想笑，想唱歌，想吹口哨，想——找个小妞泡泡。

忽然间，他看到一只纯白的小北京狗，脖子上挂着一串铃铛，丁零零地响着，滚雪球似的滚到他脚边来了。他站住了，好奇地看着这小东西，记起最近一些日子来，常看到这只小狗。邻居说，这是新搬来的一家人养的。他蹲下身子去捉那小狗，那小东西居然丝毫都不畏生，它抬起它那对乌溜溜的眼珠，淘气地、友善地而又灵活地对他转动着。他笑了起来，弯腰把它抱进怀里，嘴里不自禁地叽里咕噜地对它说着话："嗨，小家伙，你从什么地方来的？你的鼻子怎么塌塌的？是不是迷了路？哈？！"他忽然笑起来，因为那小东西开始伸出舌头去舔他的脸，"别这样，别舔我，我怕痒，哈哈，求饶，求饶！哈哈，我不跟你玩舔人……"

"喂喂！雪球！你在哪儿？"

　　猛地，树林里传出一串银铃似的，清脆的呼唤声。那小狗立即竖起耳朵，喉中呜呜乱鸣，四只脚又蹦又踹，要往地下溜去。江浩还来不及把它放到地上，蓦然间，从树林里直蹿出一个女孩子，还没等江浩看清楚，那女孩像风般对他卷过来，劈手就夺过他手中的小狗。接着，一阵连珠炮似的抢白，就对着他"炸"开了："你为什么要抱走我的雪球？它是有主人的，你不知道吗？你抱它去干什么？想偷了去卖，对不对？我以前那只煤球就被人偷走了，八成就是你偷的！还是大学生呢，根本不学好，专偷人的东西……"

　　"喂喂，"他被骂得莫名其妙，怒火就直往脑子里冲，他大声打断了她，"你怎么这样不讲理？谁偷了你的狗？我不过看它好玩，抱起来玩玩而已！谁认得你的煤球、炭球、笨球、混球？"

　　那女孩站住了，睁大眼睛对他望着，脸上有股不谙世故的天真。"我只有煤球、雪球，没有养过笨球、混球。"她一本正经地说，"也没有炭球。"

　　看她说得认真，他的怒气飞走了，想笑。到这时候，他才定睛来打量眼前这个女孩：短短的头发，额前有一排刘海，把眉毛都遮住了，刘海下，是一对滚圆的眼睛，乌黑的眼珠又圆又大，倒有些像那只"雪球"。红扑扑的面颊，红艳艳的嘴唇，小巧而微挺的鼻梁……好漂亮的一张脸，好年轻的一张脸！他再看她的打扮，一件宽腰身的、鲜红的套头毛衣，翻着兔毛领子，一条牛仔裤卷起了裤管，一直卷到膝盖以上，脚上是一双红色的长筒马靴。脖子上和胸前，挂着一大堆小饰物，有辣椒、鸡心、钥匙，还有一把刀片！好时髦！好帅！好野！好漂亮！他——深吸了口气，就不知不觉地微笑了起来。

"你叫什么名字?"他单刀直入地问。

她扬起下巴，挺神气地转开了头。"不告诉你!"她说，抱着她的雪球，往树林里面走去。

他斜靠在一株松树上，望着她的背影微笑不语。今天的阳光太好，今天的白云太好，今天的风太好，今天的树林太好，这么美好的下午，碰碰钉子也不算什么。他注视着那红色的背影，她已经快隐进松林里去了。

忽然，她站住了，回过头来，看着他。她唇边有个很调皮的、很妩媚的、很动人的笑容。

"我姓林。"她轻声地说。

"哦?"他有份意外的惊喜，仓促中，想赶快抓一句话来说，免得她溜了，就很快地接了句，"树林的林吗?"

她顿时笑了，笑得好开心，好明朗，好坦率，她折回到他身边来，笑嘻嘻地问："除了树林的林以外，还有什么姓也发林字的音?"

"当然有啦，"他强辩地说，"例如临安的临，丘陵的陵，麒麟的麟，甘霖的霖……"

"有人姓麒麟的麟吗?"她的眼睛睁得好大好大，里面盛满了惊奇和天真，她这种单纯的、信以为真的态度使他汗颜了，他笑了起来："你别听我鬼扯! 你叫林什么?"

"哦，你在鬼扯!"她说，"我不告诉你!"她跺了一下脚，这一跺，她手里的雪球就溜溜地滑了下去，落在地上。立刻，那小东西撒开腿，就飞快地在林中奔窜起来，它追松果，追树叶，追小麻雀，追得不亦乐乎。她大急，要去追雪球，他阻止了她。

"你让它去！它不会跑丢的！"

"你怎么知道？"她问。

"狗都会认主人。"

"那它刚刚怎么跑到你怀里去了？"

"因为……"他为之语塞，就笑着说，"它认了我当主人哩！"

"你——"她瞪圆了眼睛，鼓着腮帮子，接着，就熬不住"噗"的一声笑了。"你很会胡说八道，"她说，"你叫什么名字？"

"不告诉你。"他学她的语气说。

她又抬抬下巴。

"稀奇巴啦，猴子搬家！"她低低地叽咕着，转过头去找她的雪球。那小东西那么肥，那么胖，小脚爪又那么短，只跑了一圈就已经喘吁吁的了。它折回到主人的身边，趴伏在她脚边的草地上，吐长了舌头直喘气。她怜惜地蹲下身去，毫不在意地席地一坐，用手揉着雪球那毛茸茸的脑袋，嘴里继续叽里咕噜着："雪球，雪球你去哪儿？你去咬那个小坏蛋！"

江浩情不自禁，就在她身边也坐了下来，弓着膝，望着她那红扑扑的双颊，那水汪汪的眼睛，那年轻而稚气未除的面庞，觉得心中竟没来由地一动。他从地上取了一段枯枝，在泥上写下"江浩"两个字，抬眼看她。她冲着他嫣然一笑，接过那枯枝，她在江浩两个字的旁边，写下了"林晓霜"三个字。

他们彼此对视了一会儿，笑意充盈在两个人的眼睛里。然后，他低低地吹了一声口哨。

"林晓霜，你的名字很美。"

她噘了噘嘴。"你的意思是说，人很丑！"

"哈！"他笑了，"你们女孩子都是一个样子，专门小心眼，在鸡蛋里挑骨头，我以前有个女朋友也是这样！"

她的眼珠灵活地转了转。"你以前的女朋友？她现在到哪儿去哩？"

"谁知道？"他耸耸肩，"大家一起玩玩，又没认真过，跳跳舞，看看电影，如此而已。现在吗？八成是别人的女朋友了。"

她唇边的笑容消失了，脸上有种又好奇、又同情、又怜惜的表情。

"你失恋啦？"她率直地问。

"失恋？"他一怔，接着，就大笑了起来，"笑话！我失恋？你少胡扯了！我江浩会失恋？你也不去打听打听！我是不追女孩子，如果我追的话，什么样的女孩都追得到！我失恋？我根本恋都不恋，怎么失恋？"

她斜睨了他一眼，嘴唇嘟得更高了。俯下头去，她抱起小狗，用手摸着小狗的头，嘴里喃喃地念叨着："雪球咱们走，不听这个家伙乱吹牛！"

他望着她那副孩子气的脸庞，听着她嘴里的叽里咕噜，觉得有趣极了。他伸手抓住了她的衣服。"别走，你住在什么地方？"

"树林那边，什么兰蕙新村。"

"才搬来的吗？"

她点点头。

"你多少岁？"

"十九。"

"骗人！"他笑着说，"你发育未全，顶多只有十六岁！"

"胡说！"她一唬地从地上直跳起来，用手把腰间的衣服握紧，显出身材的轮廓，脸孔通红，她旋转着身子，姿势美妙至极。她说："你看，我早就成熟了。我十九岁，不骗你！"

他紧盯着她。

"那么，你已经高中毕业了？"

"毕业？"她摇摇头，"去年就该毕业了，如果我不被开除的话。"

"开除？"他吓了一跳，"为什么会被开除？"

她撇撇嘴，一副满不在乎的样子。

"我的英文当掉了，数学也当掉了。然后，人家写给我的情书又给修女抓到了。"

"修女？"他皱起眉头。

"我读的是教会学校，那些老尼姑！她就希望把我们每个人都变成小尼姑！她们自己嫁不出去，就希望所有的女孩子都嫁不出去！她们心理变态！"她恨恨地说，一抬头，她接触到他惊讶而困惑的眼光，立刻，她垂了下眼睑，有种淡淡的不安和微微受伤的表情浮上了她的嘴角。她又抱起地上的小狗开始叽里咕噜了："雪球咱们走吧！人家看不起咱们啦！"她转过身要走，"我走了，我口干了！"

他再度抓住了她。

"我有个提议，"他说，"到我的'蜗居'去坐坐，好不好？我那儿有茶有可乐，有苹果西打。"

"'蜗居'是什么东西？"她问，"是莴苣吗？一种食物吗？一种笋吗？"

他大笑："不不，蜗居的意思是蜗牛的家。"

她惊奇地看他，她的眼睛又大又亮，黑白分明。

"你家有很多蜗牛？不不不！对不起，我不去。本小姐天不怕，地不怕，只怕肉虫子！什么蜗牛、蚂蚁、毛毛虫，我想起来就背脊发麻。"

"别混扯！"他又笑又气，"你在装糊涂，蜗居是形容我家很小很破很旧，像个蜗牛壳一样，保证里面没有蜗牛。"

"一定有！"她坚定地说。

"你怎么知道一定有？"

"你叫它'蜗居'，你就是蜗牛！"

他一怔，望着她笑。"好呀，你骂我是蜗牛！"

他把两只手伸在头上装成蜗牛的触角，一扭一扭地往她冲去，嘴里嚷着："蜗牛来了！蜗牛来了！"

她拔腿就跑，笑着喊："别闹别闹！你哪儿像只蜗牛，你简直是只犀牛！"

他呆了呆，大笑起来。她也大笑起来，额前的短发迎风飘扬，露出了两道浓黑的眉毛。她手里的小雪球，被她这样一跑一跳一笑，也弄得兴奋无比，竖着耳朵，不住地"汪汪"大叫。友谊，在年轻人之间是非常容易建立的，只一会儿，他们两个已经熟得像是多年知交。

没多久以后，她就坐在他那凌乱不堪的"蜗居"里听唱片了。他有套很好的音响设备，虽然不是四声道，但也有两个喇叭，很好的立体效果，很好的机器和唱盘，还可以放卡式录音带。她脱掉了靴子，光着脚丫，坐在地板上，在那一大堆书籍、唱片套、靠垫、砖头、木板（他曾用砖头和木板搭成书架，后来垮了，他也懒得去修理，于是，木板、书籍和砖头就都混在一块儿）以及东一盒西一盒的录音带中间。这小屋里有书桌，有床，有椅子，但是，书桌上没有空隙，椅子上堆满衣服，床上棉被未整，倒还不如在这地板上来得舒服。她倚着墙坐着，丝毫没有被这小屋的凌乱吓到，反而很羡慕地"哇"了一声，说："哗！你真自由！这小屋棒透了！你父母不干涉你吗？他们许你过这种生活，他们一定是圣人！"

"他们不是圣人，"他笑着说，在桌子底下拖出一箱可乐，开了一瓶递给她，"他们住在台南，根本管不着我！你呢？和父母住在兰蕙新村？"

"和我奶奶，我爸妈都死了。"她拿起一张唱片，把唱机拖到身边，把唱片放上去。"哈！"她开心地大叫，"这音乐棒透了！"

那是一支"迪斯科"，节拍又快又野，立即，满屋子都被音乐的声音喧嚣地充满了。她跳起来，光着脚丫，随着音乐舞动，熟练地大跳着"哈索"。他惊喜交集地望着她，她一定生来就有舞蹈细胞，她浑身都充满了韵律，充满了活力，充满了火焰，她像一支燃烧着的、舞动的火炬。

"来！"她拍了一下手，"我们来跳舞！"

他一脚踢开了脚边的瓶瓶罐罐和书本靠垫，就和她对舞起来。她美妙地扭动、旋转、踢腿、碰膝……他不由自主地模仿她，很快地，他们已经配合得很好。她对他鼓励而赞赏地笑着，舞蹈使他们的呼吸加快，使室内充满了热浪，使她的双颊绯红，而双目闪亮。

小雪球是兴奋极了。当江浩和林晓霜在双双对舞的时候，它就忙忙碌碌地在两人的脚底奔窜，不住地把唱片套衔到屋角去撕碎，又把录音带的盒子像啃骨头般咬成碎片，再把书本的封面扯得满天飞舞，最后，它发现有个靠垫破了个洞，露出一截鹅毛，它把鹅毛扯出来，那些鹅毛轻飘飘地飘了满房间，它立即把这些会动的鹅毛当成了假想敌人，对它又吼又叫又扑又咬又追又捉起来。一时间，屋子里又是音乐声，又是舞蹈声，又是狗叫声，又是追逐声，闹得不亦乐乎。

林晓霜自己舞着，又看着小雪球奔跑追逐，她边舞边笑，双颊明艳如火，笑得喘不过气来。

"太好了！江浩，你这个蜗居是个天堂！好久以来，我都没有这么开心过了！江浩，你是个天才！是个伟人！是个艺术家！"

他开始轻飘飘起来，这一生，从没有被女孩子如此直截了当地赞美过，虽然这些赞美听起来有些空泛，但是，仍然满足了他那份男性的虚荣。

"为什么我是艺术家？"他问，挑着眉毛。

"你懂得安排生活。"她舞近他，用双手搭在他的腰上，面对着他的面，眼睛对着他的眼睛。"懂得生活是最高的艺术，我认得许多大学生，他们只是书呆子！"她忽然停止了跳舞，呆望着他。她那对燃烧着的，明亮的大眼睛一瞬也不瞬地瞪着他。他被她看呆了，看傻了，接着，脸就红了。

"你在看什么？"他粗声问。

"看你呀！"她简单地回答，长睫毛连闪都不闪。

"看我什么？"

"看你——"她拉长了声音，叹了口气，坦白地、认真地、诚恳地说，"你长得很漂亮！"

他被她弄得面红耳赤了，弄得扭捏不安了，弄得手足失措了。

"你是个大胆的女孩子！"他说。

"我不是大胆，我只是坦白！"她说，笑了，"难道你喜欢那种故作高贵状的女孩吗？还是故作娇羞状的？我讨厌虚伪！我说我想说的话！做我想做的事！过我想过的生活！这有什么不对呢？你长得漂亮，就是漂亮！你的眉毛很浓，眼睛很亮，你还有张会说话的嘴巴！"

"你才有张会说话的嘴巴！"他说，头晕晕的，轻飘飘的，他觉得自己比那满屋子飞的鹅毛还轻，像个氢气球般快飞向了屋顶，"你才漂亮！你的眼睛像星星，你的嘴唇像花瓣，你的头发像缎子……"

"哎哟！"她大叫，笑得抬不起头来，"你别让我肉麻好不好？不骗你，我浑身的鸡皮疙瘩都给你撩起来了！算了！别说话，咱们跳舞吧！"

他们又跳舞，又笑，又叫，又闹……忽然间，电话铃响了起来，她自顾自地舞着。

江浩满屋子找着，找不到电话机在什么地方。林晓霜又跟他闹着，他走到哪儿，她就舞到哪儿，她舞得满头乱发蓬松，眼光清波欲流。面对这样一张年轻的、娇艳的、充满活力与生气的面孔，他真的心神俱醉了。好不容易，他在床上的棉被堆里找到了电话机，拿起听筒，对面就传来江淮忍耐的、低沉的、亲切的声音："老四，你在搞什么鬼？这么久才接电话？"

"噢，大哥！"他兴奋地喊，"对不起，我正在跳舞……什么？你听不见吗？要我进城跟你一起吃晚饭？等一等……"

他看向晓霜，她停止跳舞，笑吟吟地望着他，她的眼睛是暗夜里的星光，她的脸红得像酒，嘴唇像浸在酒里的樱桃。

"大哥，"他抱歉地说，"我今晚有事，我无法到台北！我……我……我要准备英国文学史！"

"老四，"江淮清清楚楚地说，"你还是老毛病，一撒谎就犯口吃！"

小雪球不知怎的发现了江浩手里的电线，扑过来，它又把电线当成了假想敌人，开始又抓又咬又叫。江浩手忙脚乱地从雪球嘴里抢电线，晓霜在一边笑弯了腰。江浩一面推开小雪球，一面嚷着："大哥，你知道就好……滚开！小雪球！噢……大哥，我不是跟你说话……小雪球，混蛋！噢……大哥，我没骂你呀！我是在和一只小狗说话……哦，我很好，没生病，没发烧，绝不骗你……要命！雪球……"

晓霜笑得滚倒在床上去了。

"老四，"江淮忍耐地说，"你到底在做什么？你在开舞会吗？你喝了酒，是不是？"

"没有，大哥，我一滴酒都没沾，也没开舞会……雪球！你这个混账东西，怎么咬起我的鼻子来了！晓霜，你还不管它，你故意让它跟我闹……哎哟！要命……"

"老四，"江淮叹了口气，"你生活得怎么样？你开心吗？听你的声音虽然很失常，但是你好像很兴奋……"

"我开心，开心极了！从来没有这么开心过！"江浩慌忙说，"好了，大哥！我再打给你，要不然，我的鼻子不保！"

挂断了电话，他望着晓霜。

"你这个坏蛋！"他大叫，"你叫雪球来咬我鼻子，我跟你算账！"

她跳起身，笑着躲往了屋角。

"噢，大哥，没有，大哥，不是，大哥……"她学着他的声音，"你有个好哥哥啊！"

"是的，"他沉静了一下，脸色郑重了。"我有个最好的哥哥！他帮我交学费，照顾全家的生活，给我买唱机，让我生活得像个王子！"

她叹了口气。"这种幸福，不是每个人都能有的！"

他看看她。"你没有兄弟姐妹？"

"没有。"

"你会喜欢我大哥！"他热烈地说，"他比我大十岁，是世界上最好的哥哥！等将来，我介绍你认识他，你一定会喜欢他！他又有学问，又有深度，又有思想，又能干，又热情！"

"哼！"她耸耸肩，"真有这种人，可以送进博物馆做人类标本！"

"你——"他掀起眉毛，"可不许拿我哥当笑话……"

她俯身抱起小雪球，把面颊偎在那小狗毛茸茸的背脊上，嘴里又开始叽里咕噜："雪球咱们走啦，这个蜗牛生气啦！"

他笑了。一下子拦在她面前。

"不许走！"他笑着说，"我不肯去台北和大哥吃饭，就为了和你在一起！你得和我一起吃晚饭！我请你去吃蚵仔煎！"

"如果我不肯呢？"她扬着睫毛问。

"你肯吗？"他问。

她看了他几秒钟。

"我肯。"她坦白地说。

第四章

　　黄昏的时候起了风，到晚上就萧萧瑟瑟地飘起雨来了。雨由小而大，风由缓而急。没多久，窗玻璃就被敲得叮叮咚咚地乱响，无数细碎的雨珠，从玻璃上滑落下去。街车不住在窗外飞驰，也不停地在窗上投下了光影，那些光影照耀在雨珠上，把雨珠染成了一串串彩色的水晶球。

　　江淮坐在他那空旷的公寓里，坐在窗前那张大沙发里，他身边有盏浅蓝色的落地台灯，灯光幽柔地笼罩着他。他的膝上，摊着那册《黑天使》的原稿，他起码从头到尾看了三次，但，这里面的文字仍然感动他。他手里握着一杯早已冷透了的茶，眼光虚渺地投射在窗上的雨珠上面。室内好安静，静得让人心慌，静得让人窒息。他低头看着膝上的稿笺，触目所及，又是那首小诗：

　　　　当晚风在窗棂上轻敲，

当夜雾把大地笼罩，

那男人忽然被寂寞惊醒，

黑天使在窗外对他微笑。

　　这，好像是他的写照！他从没想过自己的许多黄昏，许多黑夜，就这样度过去了。黑天使，他曾以为她这篇小说中会用"黑天使"来代表复仇、瘟疫或战争。谁知内容大谬不然，"黑天使"象征的是一种无可奈何的命运。这篇小说是大胆的，是很欧洲化的，很传奇又很不写实的。故事背景是在英国的一个小渔村，男主角是个神父。情节很简单，却很令人战栗。神父是村民的偶像，他慈祥、年轻、勇敢、负责、仁善、漂亮、深刻……集一切优点于一身。但是，他是个人而不是神，他照样有人的欲望，人的感情，人的弱点，他挣扎在人与神的两种境界里。村里有个酒吧，是罪恶的渊薮，渔民在这儿酗酒、嫖妓、赌钱，这儿有个待救的灵魂——一个黑女人。故事围绕着黑女人和神父打转，神父要救黑女人，像堂·吉诃德崇拜那贵族的女奴。最后，黑女人被他感动，她改邪归正了，但是，在一个晚上，神父却做了人所做的事情。更不幸的是，黑女人怀了孕，他那么愤怒于他自己，也迁怒于黑女人，于是，黑女人悄然地投了海，没有人知道她死亡的原因。神父在许多不眠不休的夜里悟出了一个真理，他只是个"人"而不是"神"，他离开了渔村，若干年后，他在另一个城市中定居下来，成了一个成功的商人，他娶了妻子，过着"人"的生活，但是，他的妻子给他生下了一个天使一般的婴儿——那孩子竟是全黑的！

江淮并不喜欢这个故事，它太传奇，太外国味，又有太多的宗教思想和种族观念。这不像个中国人写的故事。可是，丹枫是在英国长大的，你无法要求她写一个纯中国化的故事！使他震撼的是她那洗练而锋利的文笔，她刻画人性深刻入骨。她写寂寞，写欲望，写人类的本能，写男女之间的微妙……老天，她实在是个天才！

窗外的雨加大了，他倾听着那雨声，看着那雨珠的闪烁，他坐不住了。把文稿放在桌上，他站起身来，背负着双手，在室内兜着圈子，兜了一圈，又兜一圈……终于，他站在小几前面，瞪视着桌上的电话机。

沉吟了几秒钟，他拿起听筒开始拨号——一个他最近已经背得滚瓜烂熟的号码。

对方的铃响了，他倾听着，一响，两响，三响，四响，五响……没有人接电话，没有人在家！他固执地不肯挂断，固执地听着那单调的铃声，终于，他长叹了一声，把听筒放回了原处。他就这样瞪着那电话机站着，不知道自己想做什么，不知道自己要做什么，也不知道自己能做什么。

半晌，他振作了一下，看看手表，晚上八点十分。或者，可以开车去一趟淡水，去看看江浩。这孩子近来神神秘秘又疯疯癫癫，别交了坏朋友，别走上了岔路。想到这儿，他就想起江浩那张神采飞扬的面孔，和他那充满活力的声音："大哥，你绝不相信世界上会有林晓霜那样的女孩子，她在半分钟可以想出一百种花样来玩！"

根据经验，这种女孩是可爱的，但是，也是危险的！他再度拿起了听筒，拨了江浩的号码。

丁零——丁零——丁零——铃声响着，不停地响着，却没有人来接电话。也不在家？这样的雨夜，他却不在家？想必，那个有一百种花样的女孩一定伴着他。雨和夜限制不了青春。他放下电话，望着窗外。顿时间，有种萧索的寂寞感就对他彻头彻尾地包围了过来。他走到落地长窗前面，用额头抵着玻璃，望着街道上那穿梭不停的车辆：车如流水马如龙！为什么他却守着窗子，听那风又飘飘，雨又潇潇？

"叮咚！"

门铃蓦然响了起来，他一惊，精神一振。今晚，不论来访的是谁，都是寂寞的解救者。他冲到门边，很快地打开了房门。

门外，陶丹枫正含笑而立。

她穿了一身紫罗兰色的衣裳，长到膝下的上装和同色的长裤，她的长发用紫色的发带松松地系着。外面披了件纯白色的大衣。她的发际、肩头、眉梢上、鼻端上、睫毛上……都沾着细小的雨珠，她亭亭玉立，风度高华。她手里抱着一个超级市场的纸口袋，里面盛满了面包、果酱、牛油之类的食品，她笑着说："我还没有吃晚饭，不知道你欢不欢迎我到这儿来弄东西吃？我本来要回公寓去做三明治，但是，我对一个人吃饭实在是厌倦极了。"

他让开身子，突来的惊喜使他的脸发光。

"欢不欢迎？"他喘口气说，"我简直是求之不得！"

她走了进来，把食物袋放在桌上，把大衣丢在沙发上，她的眼光温柔地在他脸上停了片刻，又对整个的房间很快地扫了一眼。

"噢，"她说，"你像个清教徒！过着遗世独立的生活，难道你这人不会寂寞，不会孤独的吗？难道你想学圣人清心而寡欲？"

他陡地想起《黑天使》中的神父。不自禁地，他就打了个冷战。他望着她微笑地说："我打过电话给你，起码打了一百次，你从早上就不在家，你失踪了好几天了。你相当忙哦？"

"忙碌是治疗忧郁的最好药剂。"她说，径自到厨房里去取来了刀叉盘子，和开罐器，"我带了一瓶红葡萄酒来，愿不愿意陪我喝一点？"

他抓住了她的手腕。

"你忧郁吗？"他望进她的眼睛深处去，"为什么？告诉我！"

她站住了，静静地回视他。

"忧郁不一定要有原因，是不是？忧郁像窗子缝里的微风，很容易钻进来，进来了就不容易钻出去。"

"你该把你的窗子关紧一点。"他说。

她摇摇头。

"我干脆跑到窗子外面去，满身的风比那一<u>丝丝</u>的冷风还好受一点。"她抿住嘴角，淡淡地笑了。"不要用这种眼光看我，我很好，很正常。任何人都会有忧郁，忧郁和快乐一样，是人类很平凡的情绪。"

"你这一整天跑到什么地方去了？"

"唔！"她耸耸肩，轻哼了一声，"我去郊外，去海边，去大里。你知道大里吗？那儿是个渔港，我去看那些渔民，他们坐在小屋门口补渔网，那些老渔夫手上脸上的皱纹，和渔网上的绳子一样多。"

他惊奇地凝视她。

"你似乎对渔村很感兴趣！"他想起《黑天使》。

她蹙了蹙眉，眼底有股沉思的神色。然后，她抬起眼睛，扫向沙发前的咖啡桌，她看到了那本《黑天使》。

"你终于看完了我的小说！"

"早就看完了，"他说，"我今天是看第三次！"

"显然，你不喜欢它！"她紧紧地盯着他。

"为什么？"

"因为，我已经不喜欢它了。"她轻轻地挣脱他，走到咖啡桌前，把那本原稿推开，在桌上放下盘子和面包，又倒了两杯酒。她一面布置"餐桌"，一面简单地说："第一，它不中不西。第二，它像传奇又不是传奇。第三，它似小说又不是小说。第四，它没有说服力。第五，它跟现实生活脱节得太太太——太遥远。"她一连说了四个"太"字，来强调它的缺点。"你不用为这篇东西伤脑筋，我还不至于笨得要出版它！"

"你不要太敏感，好不好？"他走到沙发边来，急促地说，"事实上，你这篇东西写得很好，它吸引人看下去，解剖了人性，也提出了问题……"

她对他慢慢摇头，在她唇边，那个温存的笑容始终浮在那儿。她的声音清晰、稳定而恳切。

"不要因为我是陶碧槐的妹妹而对我另眼相待，不要让你的出版社被人情稿堆满。最主要的，不要去培植一个不成熟的作家！"

他看着她，深深地看着她，定定地看着她，紧紧地看着她。一时间，他竟无言以答。她洒脱地把长发甩向脑后，笑着说："我知道你已经吃过晚餐……"

"你怎么知道？"他打断了她。

"难道你还没吃饭？"她愕然地问，"你知道现在几点了？"

"我下班的时候曾经打电话给你，想请你出去吃饭，"他说，"你家里没人接电话。就像你说的，我对于一个人吃饭实在厌倦极了！我回到家里来，看稿子、听雨声、打电话……我忘了吃饭这回事！"

她斜睨了他一会儿。

"看样子，实在该有个人照顾你的生活。"她说，"为什么你还不结婚？如果我记得不错，你已经三十岁了。"

"或者。"他继续盯着她，"我在等待。"

"等待什么？"她的睫毛轻扬，那黑眼珠在眼睑下忽隐忽现。

"等待——"他的声音低沉如耳语，"碧槐复活！"

她迅速地转过了身子往厨房里走去。一面，用故作轻快的声音清脆悦耳地说："让我看看你冰箱里还有什么可吃的，我在国外吃惯了吐司火腿三明治，你一定无法拿这些东西当晚餐，或者我可以给你做个蛋炒饭……"

他拦住了她。

"你别多事吧！"他说，"我们随便吃一点，如果真吃不饱，还可以去吃宵夜！"

"也好！"她简单地说，坐到沙发上，开始吃面包，一面吃，一面笑，"说实话，我并不喜欢下厨房！"

他坐在她对面，饮着红酒，吃着面包。忽然间，春天就这样来了。忽然间，寂寞已从窗隙隐去。忽然间，屋里就暖意融融了。忽然间，窗外的风又飘飘，雨又潇潇，就变得风也美妙，雨也美妙了。

她吃得很少，大部分时间只是饮着酒，带着微笑看他。她眼底有许多令人费解的言语。他吃得也很少，因为他一直在研究她眼底那些言语，那比一本最深奥的原稿还难以看懂。不知怎的，她浑身上下总是带着种奇异的、难解的深沉。

"我今天在大里看到渔船归航。"她说，用双手捧着酒杯。她那白皙的手指被红酒衬托着，透过灯光，成为一种美丽的粉红色。"我看到渔网里的那些鱼，它们还是活的，在网里又蹦又跳。"她深思地看着酒杯："江淮，你曾经去研究过一条活鱼吗？"

"没有。"

"你知不知道，鱼是一种非常美丽而奇妙的动物？"她抬起头来，睁大了眼睛，眼中的神色生动而兴奋，"它们有漂亮的鱼鳞，每个鱼鳞都像一块宝石，映着阳光，会发出五颜六色的光芒。它们的形状形形色色，在水中游动的时候，姿势美妙得像个最好的舞蹈家。"

他被她眼中的神色所感动："你一直在海边研究那些舞蹈家吗？"

"我看到它们在网里挣扎。"她眼光黯淡，声音悲戚，"我站在海边的岩石上，望着大海，那海洋又大又广，无边无岸。我站在那儿想，这么大的海洋，一条小小的鱼在里面真是微小得不能再微小。这么大的海洋，一条小小的鱼可以游到多远多广的地方去，为什么它们偏偏要游进渔人的网里去呢？"

"你未免太悲天悯人了，丹枫。"他说，"你不必去为一条鱼而伤感的，否则，你就太不快乐了。"

"我不是为鱼而伤感，"她直视着他，"鱼会钻进网里去，因为有渔夫布网。人呢？"

"人？"他一怔，"什么意思？"

"人也会钻进网里去。"她低语，"而且，这网还很可能是自己织的。"

"你是说——"他沉吟着，"人类很容易作茧自缚。"

她看了他一眼，站起身来，她把盘子送到厨房里去。才走了两步路，她忽然站住了。在一个书架上，她发现了一个镜框，她走了过去，把手里的盘子顺手放在旁边的架子上，她伸手拿起了那个镜框，镜框里，是一个年轻人的照片，那年轻人漂亮英挺，神采飞扬，笑容满面，似乎全天下的喜悦都汇集在他的眉梢眼底。

"这是我的弟弟。"江淮走了过来说，"我是家里的老大，下面有两个妹妹，这是老四，他叫江浩。我妹妹都已经嫁了，嫁到美国去了。现在只剩下这个弟弟在读大学。"他伸出手去，把那镜框上的灰尘细心地拭干净，他献宝似的把照片给她看，"我弟弟蛮漂亮的，是不是？"

她看看照片，再看看他。

"没有哥哥漂亮。"她说。

"别这么说，你会使我脸红。"他放好镜框，对那年轻人凝眸片刻。"他小时候体弱多病，全家最宠他，他八岁那年，大病一场，差点死掉，从此，我们就把他当宝贝。现在，他大了，长得又高又壮又结实，会闹会笑会交女朋友……呵，如果你见到了他，你一定会喜欢他，他不像我这么死板，他会说笑话，爱音乐，爱跳舞，爱文学，爱艺术……"

她奇异地望着他："你们兄弟感情很好啊？"

"非常好。"他点点头，"非常非常好。我宠他，就像碧槐当初宠你。"

她惊悸了一下，浑身不由自主地掠过了一阵战栗，他没有忽略她这下战栗，伸出手去，他握住她的手，他发现她的手冷得像冰块，他吃了一惊，问："你怎么了？"

"碧槐喜欢你的弟弟吗？"她问。

"她从没见过他。老四一直在台南，去年考上大学，才搬到北部来。"

"你的父母家人都在台南？他们都没见过碧槐吗？"

"是的，我以为你早知道了。"

"碧槐和你相恋五年之久，居然没有见过你的家人？"她困惑地望着他，"难道你没有把她带到台南过？你父母也没有到台北来看过她？"

他微微一怔，顿时间，他有些心神不宁。

"你不了解我们那时有多忙……"他勉强地、解释地、艰难地说，"我刚弄了个最小型的出版社，自己骑着脚踏车发书，骑得两腿的淋巴腺都肿起来。你姐姐，她……她……她……她是个圣女，白天要上课，晚上要兼差，半夜还帮我校对……我们太忙、太苦，忙得没有时间谈婚姻，苦得没有力量谈婚姻，等我刚刚小有所成，可以来面对我们的问题的时候，她已经死了。"他咬紧牙关，靠在架子上，他的手指下意识地握紧了她，深陷进她的肌肉里去。"丹枫，别责备我，你有许多事都不知道！"

"我为什么要责备你呢？"她仰着脸问，"你待我姐姐那么好！为了她，你忍受寂寞，直到如今。唉！"她深深叹息，眼底被一片恻然的柔情填满了。"我注意到，你家里连她一张照片都没有，你不忍面对她吗？你怕回忆她吗？你——"她怜惜地看进他眼睛深处去。"你不必那么自苦，你一直在伪装自己，你对姐姐的感情像深不可测的湖水，水越深，反而越平静。江淮！"她热烈地低喊，"你瞒不过我，你爱我姐姐，爱得发疯，爱得发狂，爱得无法忘怀，甚至无法重拾你的幸福！哦，碧槐泉下有知，应该死而无憾了！"

"丹枫！"他哑声喊，被她这一篇话击倒了。热浪迅速地往他眼眶里冲去，他胸中像打翻了一盆烧熔的铁浆，烫得他每一个细胞都痛楚起来。"丹枫，"他喃喃地叫，"别把我说得太好，不要用小说的头脑来……"

"不。"她打断他，"碧槐写过几百封信向我谈你，我了解你，正像了解我自己。江淮，你知道我为什么失踪？你知道我为什么每天到四处去流浪？你知道我为什么跑到大里去看渔民？你知道我为什么到海边去数岩石？因为——我怕你！"

"丹枫！"他喊，脸发白了。

"自从那天我去出版社见了你以后，我就开始怕你！"她垂下眼睑，双颊因激动而发红，她的声音又快又急，又坦率，又无奈，又真挚，又苦恼，"我和自己作战，我满山遍野、荒郊野外地跑，因为我好怕好怕见你！江淮，我不是那种畏首畏尾的人，我应该有勇气面对真实。但是，我今天看到了那些在网里挣扎的鱼……"

她抬起眼睛来，侧然地、无助地、凄苦地看着他。"我觉得我就是那样的一条鱼，有广阔的海洋给我游，我却投到一张网里去。江淮，你就是那张网！"她张开了手臂，"网住我吧！我投降了！"

他迅速地把她拥进了怀里，把她的头紧压在自己的肩上，他的嘴唇贴着她的耳朵，他激动地低喊着："我不是网，丹枫！我会是一个海湾，一个任你游泳的海湾！"

"不，你是一张网，"她固执地说着，"因为你并不爱我！你爱的是姐姐，你等待碧槐复活，我——只是复活的碧槐，不是丹枫！我是一个替代品！你知道这种感情是建筑在沙上的吗？你知道这对我就是一个网吗？"

"哦，丹枫，你这样说太不公平，我说等待碧槐复活那句话，并不是这个意思……"

"嘘！别说！"她用手指按在他唇上，她的眼睛里燃烧着火焰，充满了光华，她的脸孔绽放着光彩，带着种夺人心魂的美丽与高贵。"你很难自圆其说，还是少说为妙，江淮，你放心，我不会和我死去的姐姐吃醋，如果这是一张网，也是我自愿投进来的！"她闭上了眼睛，睫毛在轻颤，嘴唇也在轻颤。"吻我！"她坦率地、热烈地、命令地低语。

他再也顾不得其他，俯下头去，他立即紧紧地、深深地、忘我地捉住了她的唇。似乎把自己生命里所有的热情，都一下子倾倒在这一吻里了。

第五章

在台北近郊，那墓园静悄悄地躺在山谷之中。

天气依然寒冷，厚而重的云层在天空堆积着，细雨细小得像灰尘，白茫茫地飘浮在空气里。风一吹，那些细若灰尘的雨雾就忽而荡漾开来，忽而又成团地涌聚。小径边的树枝上，湿漉漉地挂着雨雾，那细雨甚至无法凝聚成滴，只能把枝丫浸得湿湿的。树叶与树叶之间，山与山之间，岩石与岩石之间，雨雾联结成一片，像一张灰色的大网。

丹枫慢慢地，孤独地走了进来，依然披着她的黑斗篷，穿着一身黑衣；头发上，也用一块黑色的绸丝巾把长发包着。没有雨衣，也没拿伞，她缓缓地踩过那被落叶堆积着的小径，那些落叶厚而松软，潮湿而积着雨水，踩上去，每一步都发出簌簌的响声。

她穿过了小径，熟悉地，径直地走进山里，来到了那个山坳中的墓园。墓地上碑石林立，每块墓碑都被雨打湿了，四周静悄悄的，没有丝毫声响。这不是扫墓的季节，死亡之后的人物很容易被人所遗忘。这儿没有车声人声，没有灯光烛光，只有属于死亡的寂静和寥落。

她走向了一个半圆形的坟墓，墓碑上，没有照片，没有悼文，没有任何虚词的赞扬，只简单地写着：

陶碧槐小姐之墓

生于一九四九年

死于一九七四年

享年二十五岁

享年二十五岁！二十五岁！多么年轻，正是花一样的年华，正是春花盛放的时期，怎会如此悄然而逝？怎会这么早就悄然凋零？她轻叹一声，解开斗篷前襟的扣子，她怀里抱着一束名贵的紫罗兰。俯下身去，她把墓前一个小瓶里的残枝取了出来，抛在一边，把紫罗兰插进瓶里。忽然，她对那残枝凝视了几秒钟，她记得，上次她曾带来了一束勿忘我，但是，现在那堆残枝却是一束枯萎的蒲公英。

怎会是一束蒲公英？她拾起了地上的残枝，默默地审视着。残枝里没有名片，没有祷词，只是一束蒲公英！那黄色的花瓣还没有完全枯萎，花心里都盛着雨珠。看样子，这束花送来并不很久，是谁？除了她，还有谁在关怀这早凋的生命？

"陶小姐，你又来哩！"

一个声音惊动了她，抬起头来，她看到那看守墓园的老赵，正佝偻着背脊，蹒跚地，颠踬地走过来。那满是皱纹的脸上堆满了殷勤的微笑。在这样寒冷的雨雾中，伴着无数冰冷的墓碑和幽灵过日子，他也该高兴看到一两个活生生的扫墓者吧！

"老赵，你好！"她温和地招呼着，从皮包里取出两百块钱，塞进了老人棉袄的衣袋里，"风湿痛好些没有？找医生看过吗？"

"托您的福，陶小姐，好多啦！"老赵忙不迭地对她鞠躬道谢，一面把那插着紫罗兰的瓶子抱起来，去注满了水，再抱回来放下。笑着说，"我一直遵照您的吩咐，把这儿打扫得干干净净的！"

"谢谢你，老赵。"她望着手里的蒲公英，沉思着，"前几天有位先生来过，是不是？"她问。

"是呀！"老赵热心地说，"他献了花，站了好一会儿才走，那天也在下雨，他淋得头发都湿了。"

"他是什么样子？"

"什么样子？"老赵怔住了，他用手搔搔头，努力搜寻着记忆，"我只记得他很高，年纪不大。"

"他以前来过吗？在我来以前？"

"是的，他来过！每次总是站一会儿就走了。总是带一束蒲公英来。他一定很穷……"

"为什么？"

"蒲公英是很便宜的花呀！路边都可以采一大把！山脚下

就长了一大片，说不定他就是从山脚下采来的！"

她不语，站在那儿默默沉思。雨丝洒在她那丝巾上，丝巾已经湿透了，好半晌，她抬起头来，忽然发现老赵还站在旁边，她挥挥手说："你去屋里吧，别淋了雨受凉，我站站就走了。"

"好的，小姐。"老赵顺从地说，那寒风显然已使他不胜其苦，他转过身子，又佝偻地，颠踬地，向他那栋聊遮风雨的小屋走去。丹枫望着他的背影，心里朦胧地想着，这孤独的老人，总有一天也要和这些墓中人为伍，那时，谁来吊他？谁来祭他？由此，她又联想起，所有的生命都一样，有生就必有死，从出世的第一天，就注定要面临死亡的一天！那么，有一天，她也会死，那时，谁又来祭她？她望着那墓碑累累，听着那风声飒飒，看着那雨雾苍茫，不禁想起《红楼梦》中的句子：

> 柳丝榆英自芳菲，不管桃飘与李飞；
>
> 桃李明年能再发，明年闺中知有谁？
>
> ……
>
> 试看春残花渐落，便是红颜老死时；
>
> 一朝春尽红颜老，花落人亡两不知！

她想着，一时间，不禁感慨万千。浴着寒风冷雨，她竟不知身之所在。好半天，她才回过神来，低头一看，她发现自己不知不觉地，把那一束蒲公英的残瓣，扯下来洒了一地。

墓碑上、台阶上、栏杆上……都点点纷纷地缀着黄色的花瓣，她又想起《红楼梦》里的句子：

天尽头，何处有香丘？

未若锦囊收艳骨，一抔净土掩风流。

质本洁来还洁去，强于污淖陷渠沟……

她觉得心中隐隐作痛，某种难言的凄苦把她捉住了。她忍不住用双手握紧了墓前的石碑，闭上眼睛，无声地低语："碧槐，碧槐，请你助我！"

睁开眼睛，墓也无语，碑也无言。四周仍然那样静静悄悄，风雨仍然那样萧萧瑟瑟。她长叹一声，把手里的残梗抛向了一边，对那墓碑长长久久地注视着。心里朦朦胧胧地思索着那束蒲公英。是谁送过花来？是谁也为碧槐凭吊？除了他，还有谁？但是，他为什么独自一个人来？如果他要来，大可以约了她一起来啊！那么，他不敢约她了。为什么？是内疚吗？是惭愧吗？是怕和她一起面对碧槐的阴灵吗？碧槐，碧槐，你死而有灵，该指点你那迷失的妹妹啊！墓地有风有雨，却无回音。她再黯然轻叹，终于，转过身子，她慢腾腾地消失在雨雾里了。

一小时以后，她已经坐在一家咖啡店里，啜着那浓浓的、热热的咖啡了。她斜靠在那高背的皮沙发椅中，沉思地望着桌上的一个小花瓶，瓶里插着枝含苞欲吐的玫瑰。她望望玫瑰，又看看手表，不安地期待着。她神情落寞而若有所思。半晌，有个少妇匆匆忙忙地走进了咖啡馆，四面张望找寻，终于向她笔直地走了过来。她抬起头，喜悦地笑了。"对不起，亚萍姐，又把你找出来了。"她说，"坐吧，你要不要吃一点点心？蛋挞吧？"

"不行！"那少妇坐了下来，脱掉外面的呢大衣，里面是件红色紧身衫和黑呢裙子。她身段丰满。"我正在节食，你别破坏我。我只要一杯黑咖啡。你知道，像我这个年龄，最怕发胖。"

"你和姐姐同年！"她感慨地说，"如果姐姐活着，不知道她是不是也怕发胖？"

亚萍注视了她一眼，拿小匙搅着咖啡，温柔地说："丹枫，你还没有从碧槐死亡的阴影里解脱出来吗？过去的都已经过去了，你不要再悲哀了，好不好？我知道你们姐妹感情要好。但是，人死了就死了，活着的总要好好地活下去！丹枫，你说吧，你又想起什么事要问我了？我不能多坐，我家老公马上要下班，两个孩子交给用人也不放心……"

"我不会耽误你很多时间，亚萍姐。"丹枫急急地说，"我只想再问一件事！"

"我所知道的已经全告诉你了，丹枫。"亚萍喝了一口咖啡，微蹙着眉梢说，"自从毕业以后，碧槐和我们这些同学都没有什么来往，那时大家都忙着办出国，同学间的联系也少，何况，她念到大三就休学了……"

"什么？"丹枫蓦地一惊，"她没有念到毕业？"

"我没告诉过你吗？"亚萍惊愕地说。

“不，你没说过。”她望着瓶子里的玫瑰花，“她为什么休学？”

“我不知道，真的不知道。”亚萍用手托着腮，有点儿烦恼，“丹枫，早知你会这样认死扣，这样打破砂锅问到底，你在英国写信给我的时候，我就该不理你。”

“你会理我，高姐姐，”丹枫柔声地说，“你是碧槐的好朋友，我从小叫你高姐姐，你不会不理我！”

“小鬼！”亚萍笑骂了一声，“我拿你真是没办法。我和你姐姐最要好的时候，你还没出国，你出国之后，你那个姐姐就变啦！”

“变成怎样啦？”

“变得不爱理人了，变得和同学都疏远了。丹枫，我说过，你要知道她的事，只有去问她的男朋友！她爱那个 T 大的真爱疯了，成天和他在一起。她和同学都有距离，那时，赵牧原追她追得要命……”

“赵牧原？”她喃喃地念。

“体育系那个大个子，碧槐给他取外号，叫他‘金刚’。他现在也结婚了，我前不久还遇到他，你猜怎么，他那个太太又瘦又小，才齐他的肩膀。”

“赵牧原——”丹枫咬着嘴唇，“他住在什么地方？你有没有他的地址？”

“丹枫！”亚萍阻止地叫，“你不能把我们每个同学都翻出来哦！赵牧原已经结了婚，人家生活得快快乐乐的，你难道还要让那个新婚的太太知道她丈夫以前为别的女人发疯过？丹枫，你不要走火入魔，好吧？总之，我跟你打包票，赵牧原跟你姐姐的死毫无关系！"

"好吧，"丹枫忍耐地说，"你再说下去！"

"说什么？"亚萍惊觉地问，看看手表，"我该走了，还要给老公做晚餐。一个女人结了婚，什么自由都没有了！"

"高姐姐！"丹枫柔声叫，双目含泪，眉端漾满了轻愁薄怨，声音里充塞着悲哀和伤怀，"你在逃避我！你想躲开我！你不是以前那个热情的高姐姐了。"

她语气里的悲哀和伤感把亚萍给抓住了，她凝视着丹枫，在她那轻愁薄怨下软化了，丹枫勾起了她所有母性的温柔与热情，她忍不住急切地解释起来："丹枫，别这样说！你看，你一打电话给我，我就来了。我还是以前的高姐姐，和碧槐一起带着你划船游泳的高姐姐！好吧，丹枫，你说你想再问我一件事，是什么事呢？"

"你记得，姐姐有记日记的习惯？"

"是的。"

"她死后，那些日记本到什么地方去了？"

亚萍蹙着眉沉思。"我不知道，"她想了想，"可能在她男朋友那儿，她死后所有的东西都给那个人拿走了。"

丹枫点点头，用手下意识地扯着那瓶玫瑰花的叶子。

"我真的该走了！"亚萍跳了起来，看看丹枫，"你不走吗？"

"我要再坐一下。"丹枫说，对她含愁地微笑着，"谢谢你来，高姐姐。"

亚萍伸手在她肩上紧握了一下，诚恳地凝视着她，然后，她俯下身子，真挚而热心地说："听我一句忠告，好不好？"

"你说！"

"别再为碧槐的事去寻根究底了，丹枫。反正她已经死了。你就是找出了她自杀的原因，她也不能再复活一次了。让它去吧！丹枫，你姐姐生前最疼你，如果她知道你为她如此苦恼，她泉下也会不安的。是不是？"

她不语。眼光定定地望着手里的玫瑰花，她已经把一朵玫瑰扯得乱七八糟。她细心地把花瓣一片片地扯下来，再撕成一条一条的，她面前堆了一小堆残破的花冢。然后，她就开始撕扯那些叶子。亚萍再看了她一眼，叹口气，低声地说："如果当初，她跟你们去英国，大约就不会发生这件事了。一切都是命运，你认了命吧！"

她咬紧牙关。

"什么意外都可能是命运，"她从齿缝里说，"自杀绝不是命运！一个人到要放弃生命的时候，她已经是万念俱灰了。"她撕扯着花瓣："奇怪，法律从来不给负心的人定罪！如果发生了一件车祸，司机还难逃过失杀人罪！而移情别恋呢？法律上从没有一个罪名，叫移情别恋罪！"

亚萍拍拍她的肩膀："别想得太多，丹枫。法律只给人的行为定罪，不给人的感情定罪。"

她凝视着手里的花瓣，默然不语。亚萍再望了她一眼，终于说了句："我走了！"

她目送亚萍离去，坐在那儿，她有好一会儿都没移动身子。咖啡馆里的光线暗淡下来了，屋顶的吊灯不知何时已经亮了。她继续坐在那儿，不动，也不说话。半晌，她才慢吞吞地站起身子，走到柜台前面的公用电话边，她拨了一个号码。"喂，江淮吗？我是丹枫。"她说。

"丹枫！"江淮那热烈的声音，立即急切地响了起来，"你在什么地方？你怎么总是失踪？我打了一整天的电话找你！"

"我在一家咖啡馆，叫作心韵，你知道吗？"

"没听说过，在什么路？"

"在士林。"

"士林！你到士林去做什么？"

"我在这儿等你，"她看看表，"我给你三十分钟时间，过时不候！"

"喂喂……"

她挂断了电话，坐回到自己的位子上，她再叫了一杯咖啡。燃起一支烟，她慢慢地吸着烟，慢慢地吞云吐雾，她眯起眼睛，注视着那向上飘散的烟雾，她吐了一个烟圈，又用小匙将那烟圈搅散。然后，她看着桌上的花瓣，用手指拨弄着花瓣，她把那些残红拼成了一个心形，再用火柴棍在那心形上划下一个十字，她再拼第二个心形，又划第二个十字……她熄灭了烟蒂，有个人影遮在她面前，她听到那男性的、重浊的呼吸声。她把整个心形完全搅乱。抬起头来，她接触到江淮闪亮的眼光，他喘吁吁地坐在她对面。

"看过'007'的电影吗？"他问。

"怎么？"她不解地。

"那电影里有一种电子追踪器，不知道什么地方买得到？"

"干吗？"

"必须在你身上装一个，那么，你走到哪里，我都可以知道。你像只会飞的鸟，我永远无法预测你每天的去向。"

她笑了，站起身来。"我们出去走走吧，我一个人在这儿坐了好半天了！"

他看看亚萍喝过的那个咖啡杯。

"你不是一个人！"他说。

"唔。"她哼了一声，扬扬眉毛，"我和男朋友在这儿谈天，谈了一半他走了，我一个人好无聊，只好把你叫来填空。"她凝视他，大大的眼睛里有着复杂难解的神情，嘴角边有着淡淡的笑意："满意了吗？"

他叹口气，也站起身来："只要看到你，有多少不满意也都不存在了。"

她斜睨着他："你很会说话！像姐姐说的，你聪明、能干、幽默、会说话！这种男人是女人的克星！"

"是吗？"他挽着她，他们走出了咖啡馆，"我倒觉得，你是男人的克星！"

"何以见得？"

"你是一条鱼。"他幽幽一叹。

"什么？"

"记得你研究过的鱼吗？它们是最奇妙的生物。身上有几千几百个鱼鳞，每个鱼鳞都像一块宝石，映着阳光会发出五颜六色的光芒，它们的形状形形色色，在水里游动时是最好的舞蹈家。而且，它们光滑细腻，你抓不牢它，捉不稳它，它游向四面八方，游向大海河川，游向石隙岩洞，你永远无法测知它的去向。”

她扬起睫毛，乌黑的眼珠蒙上了一层薄雾，街灯那昏黄的光线柔和地染在她的脸上，一滴雨珠在她的鼻尖上闪着光芒。她伸出手去，握住了他的手，她的手柔软而温适。

“抓牢我吧。”她低低地说，声音温柔如梦，“我不想逃往海洋，早就不想了。”

他们停在他的车子前面，她迟疑了一下。

“我们走走，好不好？”她挽紧了他的胳膊，“如果你还有雨中散步的雅兴。”

“和你在一起，什么雅兴都有。”

“和姐姐在一起的时候呢？”

他的胳膊陡然硬了。“丹枫，”他轻声地说，“我能不能请求你一件事……请你以后……”

“不提姐姐吗？”她很快地问。

她注视他。他眼底有一抹痛楚的、忍耐的、苦恼的神色，他那两道浓密的眉毛，紧紧地锁在一块儿，他唇边的肌肉绷得很紧，他在咬牙。半晌，他脸上的肌肉放松了，他叹了口气。“不，你可以提她。要你不提她，是件不公平的事。她毕竟是你的姐姐，是我们都爱过的人，还是——我们之间的媒介：没有你姐姐，我不可能认识你。”

她的心脏绞成了一团，怒火顿时在胸腔中燃烧起来。而且，这火焰迅速地蔓延开去，燃烧在她每个细胞和每根纤维里。

"我宁愿你是我的姐夫，我不愿姐姐是我们之间的媒介！"她大声地说，有两滴泪珠骤然冲进了她的眼眶。"难道你希望姐姐死掉，以便给我们认识的机会？你——"她声音不稳，怒火冲天："真残忍！真无情！真忘恩负义！真令人心寒！"她一连串地诅咒着，掉转头，她向外双溪的方向冲去。

他愣了两秒钟。

"丹枫！"他叫，拔腿追上去。

她埋着头向前疾走，风鼓起了她的斗篷，她那梳着发髻的头高傲地昂着。冬季的斜风细雨，挂在她的肩头，挂在她的衣襟上。她冲向了通往博物院的小径。

他追上了她。"丹枫！"他抓住了她的手臂，懊恼地，沙哑地，痛苦地喊，"你要我怎么办？忠于你的姐姐，停止爱你？还是爱你而不忠于你的姐姐？"

她站住了，回眸看他。他们停在博物院的屋廊底下。那巨大的廊柱在地上投下了一条条阴影，灯光淡淡地涂抹在她的脸上，她脸色苍白如纸，眼珠漆黑如夜。一种近乎恐惧的、迷惘的表情，浮上了她的嘴角，她张开嘴，想说话，却没有声音。好半晌，她才嗫嚅着，软弱地说："我告诉过你我怕你，江淮。我发现我是真的怕你，你……你为什么不躲开我？"

"真的怕我？"他困惑地盯着她，"丹枫，你是什么意思？我的爱不会害你！"

她恐惧地扑进了他的怀里，把头藏进了他的怀中。

"我是一只在林梢的雁子。"她战栗地，轻声地说着，"我不是一条彩色的鱼，我是一只流浪的孤雁。"

"不要怕，丹枫。"他柔声说，"你累了，这些年以来，你没有家，没有亲人，你累了。"他抚摩着她的背脊，她那瘦瘦的背脊是可怜兮兮的："你不要再飞了，你需要休息，你需要一个窝。"

"流浪的孤雁没有窝，"她低语，轻轻地推开了他，她低头走往那廊柱的阴影下。"雁儿在林梢，风动树枝小……"她喃喃地念着，"雁儿雁儿何处飞？千山万水家渺渺！"

他走过去，伸手抓住了她的双手，她的手微微战栗着，她的眼睛迷惘地大睁着，看着他。

"流浪的雁儿飞回了家乡，青山绿水都别来无恙。"他坚定地看着她，稳定地握着她，他声音里充满了一种令人无法抗拒的力量。"不要和你自己作战，丹枫。我觉得，你始终在抗拒我，为什么？"他把她拉近自己，"我会给你安定和幸福！允许我爱你，允许我保护你！"她闪动着眼睑，用牙齿咬住了嘴唇。她那长长的睫毛上挂着一粒雨珠，他把她拉进怀中，用嘴唇温存地吻掉了那雨珠，他的嘴唇在那睫毛上逗留了一会儿，再从她眼睛上滑下来，落在她的唇上。

第六章

淡淡的三月天，

歌声荡漾在阳光里。

淡淡的三月天，

杜鹃花开在山坡上，

杜鹃花开在小溪旁，

多美丽啊……

江浩躺在草地上，仰望着白云青天，耳边听着晓霜那像银铃般的歌声。他把一沓书本放在头下，看那白云的飘移，看那树枝的摇曳。是的，淡淡的三月天！晴朗的三月天！美丽的三月天！迷人的三月天！属于青春的三月天！属于欢乐的三月天！属于江浩的三月天！

在他身边，一条潺湲的小溪正淙淙地流泻，流水扑激着岩石，发出很有节奏的音响。他微侧过头去，眯起眼睛，望着那正手忙脚乱地在垂钓的晓霜。她卷着裤管，光着脚，站在溪边的一块大石头上。她头上歪戴着一顶草帽，帽檐下露出她那乱糟糟的短发，短发下是她那永远红润的面颊，永远喜悦的脸庞和永远明亮的眼睛。她穿着件桃红色印花衬衫，衬衫的扣子总是没扣好，衣角拦腰打了个结。每一次弯腰，那衬衫就往上耸，总裸露出她背上的一段肌肤。她的皮肤白皙，江浩必须克制自己，不在她腰上的裸露处动手动脚。

她绝不是很好的垂钓者，更不是个很有耐心的垂钓者。她从来看不清鱼漂的沉浮，每隔几秒钟就去拉一次钓竿，拉的技巧又完全不对，十次有八次把鱼钩钩到了树枝上。每当这时，她就尖叫"江浩救命"，小雪球就跟着尖叫："哇唔汪汪汪！哇唔汪汪汪！"闹得惊天动地。江浩心想，别说这河里不见得有鱼，真有鱼大概也给这一对活宝给吓得逃之夭夭了。

晓霜已有很长一段时间没有惊叫了，显然，她在训练自己的耐心，站在那石头上，她手握钓竿，嘴里哼着歌曲，一副挺悠闲的样子。小雪球伏在她的脚下，直着耳朵，竖着毛，正在全神戒备的状况里。江浩望着这幅"春溪垂钓图"，心里就洋溢着一片喜悦，这喜悦从他四肢百骸中往外扩散，一直扩散到云天深处去。

晓霜的歌声断断续续的，江浩侧耳倾听，这才听出她早就换了调子，换了歌词，她正哼哼唧唧地唱着：

鱼儿鱼儿听我说，
肥肥鱼饵莫错过。

鱼儿鱼儿听我说，

快快上钩莫逃脱。

鱼儿鱼儿听我说，

再不上钩气死我。

鱼儿鱼儿听我说，

我的耐心已不多……

江浩竭力要忍住笑，听她越唱越离谱，越唱越滑稽，她还在那儿有板有眼地唱着，他实在忍俊不禁。忽然间，大约是她那荒谬的歌词感动了上苍，她的鱼漂猛往下沉，鱼竿也向下弯去，她慌忙大叫："哎哟，不得了！鱼来啦！"

一面就手忙脚乱地拉竿子。江浩慌忙从地上跳起来，正好看到鱼线出水，在那鱼钩上，一条活生生的、半尺来长的鱼在活蹦乱跳。鱼鳞映着阳光闪烁。江浩简直不敢相信自己的眼睛，他紧张地大喊："晓霜，抓牢竿子，别给它逃了！"

"哎哟！不得了！"晓霜嘴里乱七八糟地嚷着，"是一条鱼！居然是一条鱼！你看到了吗？哎哟！不得了！它的力气好大！哎哟！救命！江浩！救命！"

她死命握着竿子，那鱼死命在竿子上挣扎，鱼竿被拉成了弓形。小雪球这一下可兴奋了，它伏在地上，不住往上跳，不住地叫着："哇唔汪汪汪！哇唔汪汪汪！"

"抓牢！晓霜，抓牢！"江浩也叫着，冲过来，他跳上石块，来帮晓霜收竿。谁知，这石块凸出在水面上，实际的面积很小，又都是青苔，滑不留足，他跳过来，这一冲的力量，竟使晓霜直向水中栽去，她大喊："鱼儿讨命来啦！"

"扑通"一下摔进了水中。江浩再也顾不得鱼竿，急忙伸手一把拉住晓霜的手，要把她往岸上拉。谁知，晓霜握牢了江浩，用力就是一扯，江浩"哎哟"叫了一声，也一头栽进了水中。他从水里站起来，幸好水深只齐膝盖，他看过去，晓霜正湿淋淋地站在水中，拊掌大笑。他气冲冲地嚷："我好意救你，你怎么反而把我往水里拖！"

"有福同享，有难同当！"晓霜像唱歌似的念叨着，"有水同下，有跤同摔！"

江浩瞪着她，又好气又好笑。正要说什么，晓霜忽然一声惨叫，叫得天地变色，她惊天动地地狂喊："小雪球！小雪球要淹死了！"

他定睛一看，才看到小雪球正扑往水中，去追那顺水而下的钓竿。它那肥肥的小腿在水里灵活地划动，哪儿有淹死的样子？它在水中生龙活虎的像个游泳健将。江浩被她的惨叫吓得三魂冲天，七魄出窍，只当小雪球已经四肢朝天断了气，等看到它那活泼机灵的样子，他真是啼笑皆非。踩着水，他大踏步地走过去，把小雪球从水里抱了起来，揽在怀中，那小雪球还兀自对着那早已飘得无影无踪的钓竿示威。

他们上了岸。这一下，两人一犬，全都湿漉漉的，说有多狼狈就有多狼狈。小雪球浑身抖了抖，把水珠甩得四面八方都是，就自顾自跑到阳光下晒太阳。江浩望着晓霜，两人对视着，她说："好了！你预备怎么办？"

"反正我们带了外套，"他说，"把湿衣服换下来吧！这儿也没人看见！"

"我才不在乎衣服湿不湿！"她扬着眉毛，气呼呼的，"我问你预备怎么办？"

"什么东西怎么办？"他不解地。

"我的鱼呀！"她跺了一下脚，睁大了眼睛，"这是我一生唯一钓到的鱼，你把它放跑了，你赔我一条鱼！"

他用手搔搔头。"这可没办法，"他说，"鱼早就跑了，我怎么赔你？是你自己不好，收竿都不会，还钓鱼呢！"

"你还怪我？"她双手叉腰，气势汹汹，"你赔不赔我鱼？你说！我又唱催眠曲，又唱威胁曲，又唱利诱曲，好不容易，连威胁带利诱，才让那条鱼儿上了钩。你呀，你假装帮我忙，实际是帮鱼的忙，把鱼放走了不说，还把我推到水里去！差点把我淹死……"

"没那么严重吧？"他打断了她，笑意遍洒在他的脸上，"别闹了，既然这水里真有鱼，我钓一条还给你！"

"你去钓！你去钓！"她推着他。

他往水边走了两步，回过头来。"没竿子怎么钓？"他问。

"那是你的事，不是我的事！"她撒赖地说。

他注视她，她那灵活的大眼睛，乌溜溜的；她那嚅动的小嘴巴，红艳艳的；她那湿淋淋的衬衫，裹着她那成熟的胴体。她站在他面前，浑身散发着一种女性的魅力。他转开了头。

"你再不换衣服，会受凉的！"他嚷着。

"那是我的事，不是你的事！"她依然撒赖。

"你最好去把湿衣服换掉，"他压低嗓子说，"否则，是你的事还是我的事就分不大清楚了。"

她天真地看着他："什么意思？我听不懂！"

"去换衣服！"他大叫。

她吓了一跳，看他一眼，不敢多说什么，她抱起地上的衣服，她多带了一件牛仔布的夹克。她向密林深处的一块大石头后面走去，一边走一边说："我在石头后面换衣服，你不许偷看哟！"

他低低地在喉咙里诅咒了一声，就四仰八叉地在草地上躺下来，望着天上的白云发愣。那些云亮得刺眼，白得刺眼，软软地、柔柔地、缓缓地、轻轻地……从天空的这一端飘向了那一端。

蓦然间，石头后面传来了晓霜一声尖锐的惨叫，他直蹦起来，额头在一棵树上猛撞了一下，他也顾不得疼，只听到晓霜带哭音的尖叫："江浩！有蛇！有一条蛇！"

他奔过去，正好看到晓霜裸露着的、雪白的肩膀。她一下子用衣服遮在胸前，又尖叫着说："你不许过来，我没穿衣服！"

他站住了，红了脸，硬生生地转开头去："你怎么样了？给蛇咬到了吗？你先出来再说！"他一连串地讲着，急得声音发颤。

"哎！"晓霜慢吞吞地呼出一口长气，细声细气地说，"我看错啦！原来是一条藤。"

他转回头来，她正在拉夹克的拉链。他伸出手去，一把把她从石头后面拉出来，用力把她拉进了怀里，他用胳膊牢牢地箍着她，他的眼睛里燃烧着火焰，紧紧地、死死地盯着她，他的声音沙哑而低沉："小姑娘，不管你是真天真还是假天真，不管你是淘气还是装疯卖傻，我不预备放过你了。"

俯下头去，他紧紧地吻住了她。他的嘴唇带着烧灼的热力，压着她的。她的唇却柔软而清凉，像早晨带着雨露的花瓣。他抬起头来，她的眼睛睁得大大的，用一种美妙的、惊奇的、做梦似的表情看着他。

"傻瓜！"他骂，"你不会把眼睛闭起来吗？你这样瞪着我看，使我连接吻都不会了！"

她立即把眼睛闭了起来，闭得紧紧的，睫毛还在那儿不安分地抖动。她的嘴唇微噘着，一副"待吻状"。他看着她，笑了："你——真是要命！"

她张开眼睛。"还不对吗？"她问。天真地扬着睫毛。

他看了她好一会儿，握住她的手，他说："过来！"

他牵着她，在草地上坐了下来，他侧头注视着她。原先在他身体里、血管里、胸口里奔窜的那股热流，以及那燃烧着他的、原始的欲望已经消失了。他觉得她洁净如涓涓溪流，单纯如天际白云，清丽如幽谷百合。

"晓霜，"他说，"你今年到底几岁？"

"十九。"

"你交过男朋友吗？"

"交过起码二十个。"

"认真过吗？"

"认真?"她迟疑地看着他，扬着睫毛，睁着那对黑白分明的大眼睛。"怎么样就叫认真?"她问。

他被问住了。怎么样就叫认真?他想着，居然无法回答这问题。因为，他忽然了解了一件事，自己还没有对任何异性认真过，也从没有尝过认真的滋味。他和女孩子玩，一向都潇洒得很，不管玩得多热络，分开就分开了，他从没有为谁牵肠挂肚害相思病。

"认真就是——"他搜索枯肠找寻恰当的句子，"就是认定一个男朋友，和他海誓山盟，非他不嫁！也就是真正的恋爱。没有他就会很痛苦，很伤心。"

她摇摇头，短短的发鬈儿拂在额上，幸好头发没湿，发丝被风吹得乱糟糟的。她的神情真挚而严肃，有点像个"大人"了。

"这样说，认真是件很傻的事，对不对?"她说，"我从不相信那些小说家笔下的爱情，我也不相信什么海誓山盟，什么非卿不娶，非君不嫁这种事！不，我没有认真过，也不会对谁认真，包括你在内。"

他皱皱眉，觉得有点不是滋味。"哼！"他轻哼了一声，"很好，你不会对我认真，我也不准备对你认真！"

"这样最好。"她眉开眼笑，如释重负，"你突然对我严肃兮兮地提出什么认真问题，吓了我好大一跳。"

"怎么会吓你一跳呢?"他问。

"你不要总以为我是小孩，好不好?"她说，"其实我也懂很多事，我告诉你我知道的一个故事，我有个同学，她对一个男孩子认了真，没多久，那男的变心了，你猜我那个同学怎么样？她自杀了！这就是对感情认真的结果。"

他的眉头蹙得更紧了。"你也不要用一个例子，来否定了天下的感情！"他说，"照你这种说法，最好男女间都不要恋爱！"

"对了！"她随手捡了一个松果，向远处掷了出去，引得小雪球满树林去追。"恋爱是傻瓜做的事！"她忽然转头看他，很担心地，很仔细地，很惶恐地凝视他，小心翼翼地说，"我问你一件事，你要坦白告诉我！"

"好的。"

"你刚刚吻了我，"她说，忧心忡忡地皱拢了眉头，"那只是好玩，对不对？"

"这个……"他怔了，望着她，他不知该如何回答。半天，才嗫嗫嚅嚅地说："也不……不完全只是好玩，我……我想，我是情不自已，我……我……"

她的眼睛睁得好大好大。"天哪！你总不会对我认真吧！"她大惊小怪地叫，就像又发现了一条毒蛇似的。

"认真你个大头鬼！"他大叫。觉得一肚子的气没地方出，面对她那张大祸临头似的脸，他又急又怒又啼笑皆非，而且，他觉得被刺伤了，被她那种态度刺伤了。他急于要武装自己，就一迭连声地叫了起来，"你少自作多情！我吻过的女孩子起码有一百个，你是最没有味道的一个！认真？我怎么可能对你认真？我要是认真就是王八蛋！只有傻瓜才把一个吻看得那么严重！难道从没有男孩子吻过你吗？你笨得像一段木头，连反应都没有……”

他的话还没说完，她突然扑了过来，用嘴唇迅速地堵住了他的嘴。她的胳膊热烈地缠着他的脖子，她的嘴唇辗转地，吸吮地，紧压着他。她那灵活的舌尖，像一条夭矫的蛇，温存、细腻、缠绵地蠕动着。他的心跳了，气喘了，浑身的血液都沸腾了。他不由自主地抱紧了她，把她整个小巧的身子都紧拥在胸前。他的头晕晕的，目涔涔的，整个人都轻飘飘地要飞起来，飞起来，飞起来……飞到那云层深处去，飞到那青天之外去，飞到那火热的太阳里去！火热的，是的，他全身都火热起来，全身都燃烧起来，他的心脏几乎要裂腔而出了……

她放开了他，抬起头来。她的眼睛水汪汪地望着他，黑黝黝地望着他。

“还敢说我不会接吻吗?”她低声说，“我只是不愿意而已！”

他盯着她，目眩神驰。一时间，竟说不出话来。

她俯身拾起自己的湿衣服，叫来了小雪球，她把雪球抱在怀中，站在那儿，她低头看他。

“你骂我是木头，又骂我是傻瓜！我从没被男孩子这样骂过，我不跟你玩了，我永远不理你了，我要走了！”

他一唬地从地上直跳起来，伸手去拉她。“不要，晓霜，”他急急地叫，“你骂还我好了！你骂我是石头，是泥巴，是蜗牛，是螳螂，是什么都可以！只要你别不理我！”

她掉转了头，抱着小雪球就走。

他匆匆拾起地上的衣服，也跟着追了过去。

"晓霜！"他叫，"你真生气啊？"

她嘟着嘴，自走自的，根本不理他。

"晓霜！"他把手伸过去，异想天开地说，"你叫雪球咬我好了！"

她的眼睛一亮，真的把雪球举起来，说："咬他！"

那雪球还真听话，张开大嘴，一口就咬住了江浩的手掌边缘。别看这狗个子小，几颗牙齿却锋利无比，咬住了就牢牢不放。江浩这一下可吃足了苦头，他开始"哎哟""哎哟"乱叫起来："我的上帝！我的老天！哎哟！晓霜，它注射过狂犬疫苗没有？否则，我发了狂犬病，头一个咬你！哎哟！哎哟！要咬出人命来哩……"

她忍不住笑了起来，把小雪球抱开。他看看手掌，咬了几个小孔，沁出了血渍。他要掏出手帕来包扎，才发现手帕是湿的。他甩了甩手，对她叽里咕噜地、低低地、发音不清地说了一大篇。她听不清楚，问："你在说什么？"

"天下最毒妇人心！"他大叫。

"你又骂我！"她把狗往地上一放，命令地说，"雪球！去咬他！重重地咬！"

他拔腿就跑，雪球"汪汪汪"地叫着，追着。晓霜在后面又笑又跳。他一口气跑了好远，兰蕙新村已经在望了。晓霜喘吁吁地跟了过来，抱起雪球，抚摩着它的胸口，对江浩说："瞧！都是你，害它跑得气都喘不过来了，如果它因此害上心脏病，唯你是问！"

"呵！"他说，"交你这个朋友真倒霉，还要对你的狗负责！"

她笑了，转头望着兰蕙新村，说："我回去了，奶奶等我吃晚饭！"

"明天请你看电影！"他说。

"我明天和奶奶去台中，奶奶要去拜访她的老朋友。"

"不许去！"他说。

"你还没资格对我用'不许'两个字！"

"什么时候有资格？"

"永远没有资格！"她望着他，笑嘻嘻地，"我们是一场游戏，一场不认真的游戏，游戏里没有严重的用字！所以，你无权'不许'我怎样，我也无权'不许'你怎样。"她举起雪球的脚爪，对江浩挥了挥。"再见！"她轻快地说，转过身子，跳跳蹦蹦地走了。

他目送她的影子消失，心里又开始不是滋味起来。不认真！好好的为什么要找这样一个话题来谈！有几千几百个话题可以谈！江浩，你是个浑球！

他往自己的"蜗居"走去，才走到巷口，他就发现那儿停着一辆熟悉的雪佛兰，他欢呼一声，直冲过去。江淮正倚在车门上，对他含笑而视。

"到什么地方去了？"江淮笑嘻嘻地问，"星期天也不肯待在家里。我来了好半天，都进不去家门。"

江浩伸头对车窗里望了一眼，车里是空的。

"你在找什么？"江淮问。

“找那个可能当我嫂嫂的人！”

江淮在他肩上敲了一记。

“我还没勇气把她带到你的‘蜗居’里来，怕把她吓跑了，她有洁癖，家里是纤尘不染的！”

江浩受伤地嘟起了嘴。“这种女人，我开除她的嫂嫂籍！”

江淮脸色一变。“老四，少胡说！”

江浩耸耸肩，做了个鬼脸，斜睨了江淮一眼，自然而然地问：“大哥，你是不是在认真？”

“认真？”江淮一怔，正色说，“是的，老四，我在认真，非常非常认真。”他摸着江浩的衣领，“你的衣服怎么是湿的？你做了些什么？”

“我掉到河里去了。”江浩心不在焉地说，伸手从口袋里掏出房门钥匙，去开那“蜗居”的门。

“和那个女孩在一起？”江淮问。

“是的，她也掉到河里去了！”

“老四，”江淮一本正经地问，“那么，我也要问你一句，你是不是在认真？”

“认——真？”江浩的舌头上打了个结，心里也打了个结，脑子里也打了个结，他用脚把房门一脚踹开，大声地，转变话题似的说：“到我‘蜗居’里来谈吧！你别小看我这个蜗居，它对我那位纤尘不染的嫂嫂来说可能是个垃圾堆，可是，也有人把它当成一个‘天堂’呢！”

第七章

　　江淮走进了那个"天堂"，才跨进去第一步，就差一点被地板上的一摞书绊个跟斗，好不容易站稳，第二步就一脚踩进了一个水碗中，原来那地板正中竟放着一大碗的水，江淮惊愕地抬起腿来，江浩已经在哇哇大叫："哎呀，大哥，你小心一点呀，你把雪球的茶杯给踩碎了！"

　　"雪球的茶杯？"江淮蹙起了眉头，"这是哪一国的谜语？"

　　"不是谜语，是正经话！"江浩说，手忙脚乱地把地上堆积的唱片套、录音带、书本、砖头、木板……都往墙角里堆去，想腾出一块可以走路的地方。

　　江淮四面看看，发现有个肥皂箱，似乎是比较安全的所在，就小心翼翼地对着那肥皂箱坐下去，谁知，江浩尖叫了一声："不能坐！"

　　他直蹦起来。江浩已经跑过来，把那肥皂箱轻轻地捧在手里，又轻轻地拿到房门外面去，好像那里面有什么神秘的易爆品似的。江淮大惑不解地看着他，问："里面有定时炸弹吗？"

"不是。你好险！真险！差点你的屁股上要千疮百孔了！"

"怎么？是炸药？"

"不是。是一箱蜜蜂。"

"一箱蜜蜂？"江淮惊异地瞪大眼睛，"你弄一箱蜜蜂干什么？你在学养蜂吗？你学的是英国文学，又不是昆虫学！"

"我是用来吓唬晓霜的！她最怕小虫子，飞的、爬的、动的、跳的……她都怕，我放两只蜜蜂满屋子飞，准会吓得她往我怀里面钻……"

"老四！"江淮板了板脸，"追女孩子，手段要正大光明，用蜜蜂攻势，未免太不漂亮了吧！"

江浩耸耸肩，讪讪地说："对晓霜谈正大光明？你根本没闹清楚她是怎样的人，假如你一天不给她点苦头吃，她一定会给你苦头吃！所以，你必须要准备一点奇招，否则你就惨了。"

江淮看着弟弟，心里隐隐觉得，情况越来越不妙，这个林晓霜，看样子比自己想象的还难缠。到底是何方神圣，非弄弄清楚不可。他再四面看看，桌上是乱七八糟的书，地上是乱七八糟的杂物，椅子上是乱七八糟的衣服鞋袜。显然，这"天堂"中能够"坐坐"的地方都很不容易找到。

"喂，老四，"他忍不住说，"我可以坐在什么地方，是比较安全，没有蜜蜂炸药的？"

江浩也四面看看，用手抓抓头，赧然地笑了："床上吧！"

床上堆满了棉絮、枕头、靠垫……但是，总之是柔软的东西。他小心地越过了地上许多"障碍物"，好不容易挨到了床边，才慢慢地坐下去。忽然间，屁股底下有件硬硬的物体，接着，就发出一声"吱呀"的怪叫声，他吓得直跳起来，伸手一摸，从棉絮堆里掏出了一个会叫的玩具狗熊。他呼出一口长气来，说："老四，到底你这天堂里还有多少埋伏，一起找出来吧，否则，实在让人有点心惊胆战！"

江浩奇怪地，大惑不解地微蹙着眉，忍住笑说："真奇怪，你一来就到处遇到陷阱，我每天住在这儿，从来不会有麻烦！"

"你对这些陷阱都熟哩！"江淮说，拎着那只玩具熊，仔细看去，那是只毛茸茸的小狗熊，身上的毛已经东一块西一块地斑驳了，一只耳朵掉了，一条腿断了，尾巴也歪了……他咬咬嘴唇，对那狗熊横看竖看。

"我不知道你还在玩小动物。"他说，"老四，如果你喜欢狗熊的话，我买个新的送你，这个……实在应该进垃圾箱了！不过，大学二年级了，你——怎么还玩狗熊呀！"

江浩一下子红了脸，扑过来，他劈手夺走了那只狗熊，急急地辩白："谁说我还在玩狗熊？这是雪球玩的！雪球没它就不能活！"

"雪球？"江淮忍耐地问，他根本没弄清楚雪球是什么，以为是他们朋友间的绰号，"雪球也是你的朋友吗？是男的还是女的？"

"是女的！它不是我的朋友，是晓霜的！"

“她也经常在你这个‘天堂’里吗？”

“是呀！有晓霜，就有雪球。”他笑嘻嘻地说，“雪球最喜欢我的床了，每次钻在被窝里都不肯出来。我和晓霜就也钻进被窝里去抓它，三个人在被窝里闹得天翻地覆，才有趣呢！”

江淮的眼睛睁得大大的，惊愕得几乎说不出话来。

“你们三个在被窝里闹得天翻地覆？”他不信任地问。

“是呀！雪球喜欢这样玩。”

“晓霜也喜欢？”

“是呀！晓霜最乐了！她抓住了雪球，就没头没脸地吻它，雪球也吻晓霜，呵，你没看到她们那股亲热劲儿！”

江淮快要昏倒了。

“老四，”他呻吟着说，“你最好给我一杯水。”

江浩四面找寻，从床底下拖出了一箱可乐，开了一瓶，他递给江淮，担心地说：“大哥，你怎么了？一定工作得太累了，脸色不大好。”

江淮喝了一大口可乐，憋着气说：“我的脸色与我的工作一点关系都没有！老四，我跟你说，你马上把你这个蜗居给退掉，你跟我住到台北去，我宁愿买辆汽车给你上课下课用，不能让你在这儿堕落毁灭！”

“堕落毁灭？”江浩挑起了眉毛，瞪大了眼睛，“大哥，你太严重了吧？我怎么堕落毁灭了？我只是生活乱一点，但是我活得很快活，很充实……”

“乱一点？”江淮几乎是吼叫了出来，“你岂止是乱‘一点'？你简直是乱七八糟，乱得不像话，乱得离了谱了！你还敢说你快活，充实，你快把我气死了！"

"大哥！"江浩又惊又怒，脸就涨红了，连脖子都红了，"你不要小题大做好不好？你有个什么纤尘不染的女朋友，就希望全天下的人都纤尘不染吗？我高兴乱，我喜欢乱，我乱得开心就好了！人各有志，我乱我的，你干净你的，我才不住到你那儿去受'干净'气呢！""老四！"江淮气得脸都发青了，眉毛都直了，"很好，人各有志，你乱你的，我干净我的，我管不了你！但是，老四，你别做出伤风败俗的事情来，让爸爸妈妈知道了，会掀掉你的皮！"

"伤风败俗？"江浩的眼睛瞪得滚圆，"我偶尔伤风感冒一下倒是有的，又怎么谈得上伤风败俗了？"江淮把可乐瓶子重重地往桌上一顿，大声说："你还有闲情逸致跟我贫嘴！我告诉你，老四。我知道你们这些大学生新潮得很，花样多得很，生活乱得很！你大概认为我是老古董，我保守，我不够开明，随你怎么想！你要过你的嬉皮生活，我也过问不了，但是，什么事我都可以忍受，唯有同性恋这件事，我绝对无法接受！"

"同性恋？"江浩张大了嘴，傻呵呵地瞪着江淮，怪声说，"同性恋？大哥！你在说些什么鬼话？你以为晓霜是男孩子吗？""不是你和晓霜！"江淮吼着，"是晓霜和那个什么雪球，雪球！"

江浩怔了几秒钟，眼睛瞪得比铜铃还大。接着，他就一下子捧腹大笑了起来，笑得弯腰驼背，笑得气喘如牛，笑得眼泪都滚了出来。他用手指着江淮，笑得说不出话来，只是一个劲儿地说：“哈哈！你……你……哈哈……你以为……你以为……哈哈！不得了！我的气喘不过来了！哈哈！不得了，我要告诉晓霜去……哈哈哈！哈哈……”他干脆捧着肚子，滚倒在地板上去了。

“怎么了？”江淮不解地问，“你葫芦里卖的是什么药？什么事情这么好笑？”

“同性恋！”江浩滚在地上叫，“晓霜和雪球闹同性恋！晓霜成了小狗了，哈哈哈！”

“小狗？”江淮皱拢了眉头，“你的意思是……”

江浩从地上一跃而起，把手放在江淮的肩膀上，望着他的眼睛，边笑边说：“我的好哥哥，你莫名其妙地把我骂得狗血淋头，原来是为了小雪球！你不知道，小雪球是一只狗呀！一只北京狗！小哈巴狗！只有这么点大！”他用手比了比，“它是晓霜的心肝宝贝，走到哪儿抱到哪儿！女孩子爱小狗，总不能算是女嬉皮和同性恋吧！”

江淮凝视着江浩，眼睛也睁得大大的。他知道自己闹了笑话，想笑，又要强行忍住，他憋了半天，才强词夺理地骂：“你这个混蛋，你也不说清楚，我问你是男的是女的？你说母的就罢了，还说是女的！你故意引我入歧途……”

“你问得文雅，我就答得文雅呀！”江浩说，“我想，我那整天跟文学为伍的哥哥毕竟不同，问小狗的性别还用‘男女’二字……啊哈，哈哈……哈哈……”他越想越好笑，笑神经一发作，再也忍不住，又大笑特笑起来。于是，那紧绷着脸儿的江淮也忍无可忍了，放开喉咙，他也大笑特笑起来。一时间，满屋子都是笑声，连屋顶都快被他们兄弟二人笑垮了。

好不容易，江淮停住了笑，望着江浩那被太阳晒成红褐色的脸庞，那神采奕奕的眼睛和那健康的、宽阔的肩膀……一种宠爱的、欣赏的心情就油然而生。他用手揽住了江浩的肩，亲热地望着他的眼睛，笑意仍然充盈在兄弟二人的脸上，他温和地说："好了，老四，我们来谈谈你那个林晓霜吧！"

"晓霜吗？"江浩忽然有点羞涩起来了，他揉揉鼻子，又抓抓耳朵，微微逃避似的说，"也没什么好谈的！"

"怎么没什么好谈呢？"江淮说，"你最近跟我通电话，十次有九次在谈晓霜。你别想瞒你老哥，以前你也交过女朋友，什么阿珊、小飞的，你可从没有三分钟热度，这次显然不同了。老四，"他诚挚地说，"你认真了，是不是？"

"认——真？"江浩懊恼地转过身子，怎么又绕回到这个烦人的问题上来了？他抓起江淮喝了一半的可乐，往嘴里咕噜咕噜灌了下去。"问题就在这儿，我没有认真，她也没有认真！"江淮仔细地看着江浩。

"不认真？不认真你就不会这样烦躁了。"他说，"何以见得你是不认真的？"

"因为——因为——"他又揉鼻子，又抓耳朵，"因为我告诉她，如果我对她认真，我就是混账王八蛋！"

江淮诧异地挑高了眉毛。"你为什么要这样讲呢？"他不解地问。

“因为……因为……她逼我这样讲！”

“她逼你这样讲？”他更诧异了。

“是呀！她用那副怪模怪样的神情盯着我，尖声怪气地问我：你可不会对我认真吧？就好像如果我认真，会杀掉她似的！我干吗要对她认真？”他越讲越气，“她以为她长得漂亮，她以为她会接吻，会操纵男孩子！事实上，她什么都不懂，她只是个小孩子！一个又骄傲，又调皮，又任性，又淘气，又会疯，又会闹……的小孩子！我怎么会对个小孩子认真？”他重重地在桌上捶了一拳：“我只是跟她玩一场游戏——这是她说的，我们在玩一场游戏，如此而已！大哥，你别少见多怪，我没认真！我才不会那么傻，去对她动真感情！她——她只是个刁钻古怪的野丫头！一会儿对你热情得要命，一会儿又放狗咬你！你瞧，你瞧，我手上还有狗牙齿印呢！这个疯丫头！鬼丫头！野丫头！”

江淮听他一连串地说着，说得完全没有系统，颠三倒四而又语无伦次。望着他那越说越激动的脸色，和他那充满懊恼与困惑的眼光，他沉吟了一下，安静地问：“她住在什么地方？”

“兰蕙新村，距离这儿只有一小段路，散步过去，半小时就到了。”

“她和父母住在一起？”

“不，她是个孤儿，我没告诉过你吗？”

“你告诉我的太少了。”江淮笑笑，“她总不会一个人住在兰蕙新村吧？”

"还有她奶奶，就是祖孙两个人。她奶奶又老又聋，眼睛也看不清楚，牙齿也不全，话也说不清楚，对她根本就管不了。"

江淮蹙起眉头，沉思着，忽然下决心地从床沿上站起来，拍拍江浩的肩膀说："走！你陪我去兰蕙新村，拜访她们一下。"

"现在吗？"江浩惊愕地问，"我和她刚刚才分手！"

"那又怎样呢？"江淮问。

"不成！"江浩甩了一下头，"你不能去看她！"

"我为什么不能去看她？"

"这样太严重了！太小题大做了！"江浩烦躁地用脚踢着地上的瓶瓶罐罐。"我已经告诉你了，我和她只是在游戏，你以我家长的身份一出现，好像摆明了我在追求她。不成！我没追她，也不准备追她，所以你不需要去看她！你这一去，我休想在她面前抬起头来！"

江淮微笑着，深思地望着江浩："你坚持不要我去吗？"

"我坚持，非常非常坚持！"江浩慌忙说。

江淮叹了口气。"那么，老四，你要听我一句忠告。"

"什么忠告？"

江淮盯着他，慢吞吞地，深沉沉地说："保持距离，以策安全！"

江浩望着哥哥，笑了。但是，在那笑容的里面，却包含着某种不安与沮丧。他掉头看看窗子外面，暮色已经在窗外堆积弥漫，而且向窗内慢慢地涌入。他咬咬嘴唇，又去踢地上的瓶瓶罐罐。"大哥，你放心。"他喃喃地说。

"放心？"江淮摇摇头，"我还真不放心呢！听你的口气，那女孩是……"

"她是天使与魔鬼的混合品！"江浩打断了他。

江淮心中一凛。"这种女孩，是世界上最危险的动物。"他望向江浩，笑笑，"好吧，我就不去看她，我猜，过不了多久，你会来要求我去看她！"

"我才不会呢！我们只是玩玩而已。"

"好吧，玩玩而已。"江淮凝视他，"要钱用吗？老四，世界上最花钱的事就是交女朋友。"

江浩眼睛一亮。"大哥，你是天才，你算准我没钱了！"

江浩从口袋里取出一沓钞票，塞到江浩手里。江浩收了钱，兴致立即又高昂起来："我请你到镇上吃海鲜去！"

"你请我？"江淮啼笑皆非，"刚收了我的钱，就拿我的钱请我吃饭，你好慷慨啊！"

"你不知道，"江浩神采飞扬地说，"钱在你的口袋里，是你的！你给了我，就是我的了，我没拿这个钱请晓霜吃饭，先请你，这还不够慷慨吗？"

"呵！看样子，我还该谢谢你呢！"江淮笑着说，在江浩肩上敲了一记，"不谈你的天使魔鬼，告诉我，你最近的功课如何？"

"莎士比亚说过一句话：在欢乐的时光里，不要谈扫兴的题目。"

"这是莎士比亚的话吗？我怎么没听说过？"

"哈！因为是我帮莎士比亚编出来的！"

"混账！"江淮笑着骂，"如果你敢挂掉任何一门功课，我剥你的皮！"

"你对你自己的弟弟太没有信心了！"江浩耸耸肩，"你想，我是什么人？大出版家江淮的弟弟，我老哥当年可是高材生……"

"贫嘴！"江淮骂，"越学越油腔滑调！是不是跟那个魔鬼天使学的？"

"魔鬼天使？"江浩一愣，"这倒是个好绰号，亏你想得出来，我要告诉晓霜去。"

江淮心中忽然掠过一抹微微的不安，他想起了陶丹枫的"黑天使"。隐隐中，不知怎的，他竟有种奇异的、不祥的感觉。望着江浩那张稚气未除，充满天真和欢乐的脸庞，他却感到有种无形的阴影，正笼罩在这年轻人身上。他仔细地看他，忽然说："老四，搬到台北跟我一起住，好不好？"

"才不干！"江浩嚷着，"你那个纤尘不染会把我赶出屋子！"他正色望着江淮："真的，大哥，你和那个纤尘不染进展到什么程度了？我快有嫂嫂了，是不是？"

"早呢！"他耸耸肩，忽然又说，"你别请我吃海鲜了，跟我去台北，我请你吃牛排吧！"

"有她吗？"

"是的。"

江浩沉思了两秒钟，笑了："我不去夹萝卜干，我找我的魔鬼天使去！"

“你不是说刚跟她分手吗？”

“是的。”江浩抓了抓头，“才分手又想见面，不知道是什么毛病？”

江淮正色看着江浩：“老四，你有没有想过，你是在恋爱了？”

“恋爱？”江浩像触电般跳起来，似乎被蛇咬了一口。他大摇其头，紧张兮兮地说，“没有！没有！谁和那魔鬼天使恋爱，谁就倒了霉！没有。恋爱的不是我，是你。大哥，你那位陶丹枫是什么？陶——？”他顿了顿，愕然自语：“怎么也姓陶呢？她是天使？还是魔鬼？你觉不觉得，女人与生俱来，就有一半是天使，一半是魔鬼，而且，她们天生是男人的克星！”

江淮怔了怔。“那也不一定”他喃喃地说。

“那么，我那位未来的嫂嫂……”江浩心直口快地说，“就一定是个百分之百的天使了。”他揽住了哥哥的肩，“大哥，这次，你该好好掌握你的幸福了，千万别像上次那样……”他蓦然停住了嘴。

“上次怎样？”江淮迅速地问，脸色发青了，“你知道些什么？谁对你提过？”

“没有，没有，没有！”江浩一迭连声地说，往小屋外面冲去。“你去吃你的牛排，我去吃我的海鲜，咱们过两天见！”

“站住！”江淮厉声说。

江浩缩回了脚，站在房门口。

"把话说清楚，"江淮严厉地说，声音僵硬。他的眼光紧紧地盯着江浩，里面闪着一抹阴鸷的光芒，"你听谁说过我的事？是什么事？"

"是，"江浩嗫嚅着，想逃避，"我也不知道，我只听大姐、二姐和妈妈她们谈过……"

"谈些什么？"他紧盯着问。

"你以前在台北爱过一个女孩子……"江浩无可逃避，只得吞吞吐吐地说，"那个女孩是个……是个魔鬼！她……玩弄了你，欺骗了你，又……又……"

"胡说！"江淮大叫。眉毛直竖，脸色铁青。

江浩吓得跳了起来。"大哥，你怎么了？"他结巴地说，"我……我也是听说嘛，反正……反正都过去了。妈妈说绝不能跟你提这件事……我……我忘了……好啦，大哥，我跟你道歉！"他一躬到底，努力微笑，做鬼脸，"小弟无知，大哥恕罪！"

江淮转过头去，闭了闭眼睛，咬了咬牙，终于，他长叹了一声。"好了，老四，别耍宝了。"他沙哑地说，"以后，记住，永远不许提这件事！一个字都不许提！尤其……在……在丹枫面前。"

"我懂。"江浩急急地说，"我不会傻到在未来嫂嫂的面前，去谈你过去的恋爱，我只说——"他自作聪明地加了句，"你从没交过女朋友！"

"胡说！"江淮又大叫。

"怎么了？"江浩瞪大了眼睛，一脸的迷茫困惑，"这也不对，那也不对，你要我怎么说？最好先教我，免得我到时说错话！"

江淮直直地望着江浩，看了好半天，看得江浩心里直发毛。终于，江淮又叹了口气。"老四，"他沮丧地、颓然地说，"我看，你暂时还是别见丹枫的好，你去找你的魔鬼天使吧！"

"大哥！"江浩怔怔地说，"到底是怎么回事？"

"你不懂，"江淮摇摇头，向门口走去，"丹枫……就是……就是那个女孩的妹妹！"

"大哥！"江浩叫，这次，轮到他的脸色发白了，他不信似的瞪着江淮。"天下的女人那么多，你怎么兜一个圈子，又兜到这个女人的妹妹身上来？我听大姐和妈说……"

"不许告诉妈！也不许告诉大姐、二姐！"他警告地盯着弟弟，"什么都不许说！也别相信大姐她们夸张的故事！真实情况根本不是那样！总之，什么都不许说！"

江浩的眼睛张得好大好大，他一瞬也不瞬地看着哥哥。好半天，兄弟二人就默然相对，谁也不说话。最后，还是江浩先开口，他悠悠地吐出一口长气来，低声说："我看，你才是被魔鬼附身了！"

"老四！"他哑声怒吼，"你不认识丹枫，少说话！她是世界上最可爱的女人！"

江浩转开了头，愕然地张大了嘴，在情急之下，大声地迸出了一句英文："God bless you！"

第八章

丹枫坐在她的书桌前面。

桌上的东西很多，有稿纸、文具、书本、笔记、字典、词谱、诗韵、信件……但是，这些东西都井井有条地码在桌面上，丝毫没有凌乱的感觉。屋内很静谧，晚风正轻叩着帘栊，发出如歌如诉的轻响。室内一灯荧然，丹枫深倚在那高背的转椅中，轻轻地、若有所思地转动着椅子，她整个人都笼罩在那昏黄的灯晕之下。

她正在看一封信，一封很久以前的信。这可能已经是她第一千次，一万次重读这封信，但，她仍然看得仔细。整个精神、意志和思想都沉浸在这封信里面：

亲爱的丹枫：

首先，我要恭喜你，你终于毕业了。许多年来，我和你姐姐，似乎都只有一个目标，就是等待你毕业的日子。我们曾经一而再，再而三地计划又计划，当你毕业那天，我们要远远地跑到太平洋岸，在海边的岩石上开一瓶香槟，隔海遥祝你的成功。我们要喝干我们的杯子，然后把杯子丢进海中，默祝它顺波漂流，能流到你的身边去。

丹枫，你不知道，我们说过多少梦想，计划过多少未来。在碧槐心里，你是她最最珍爱的，她总是负疚地对我说，为什么当初没有能力把你留下，而要你背井离乡，远赴异国？你每次来信，述说你的艰苦与寂寞时，碧槐捧信唏嘘，悲不自抑。我在旁边，常深恨不能分担你们姐妹的忧苦。常深恨自己力量的薄弱，也常恨命运的拨弄……但是，在这许许多多的遗憾中，都没有一种遗憾能弥补我现在写信给你的心情。我恨过自己很多做不到的事，或做错了的事，但，最最最最恨的，却是我无力回天！

无力回天！丹枫，你必须冷静，冷静地听我告诉你这件事情，你已经大学毕业，不再是个孩子，你深受过失父离乡的悲痛，你成长在患难中，应该比同年龄的女孩更成熟，更勇敢，更能面对真实。亲爱的丹枫，我必须很坦白地告诉你，你那亲爱的姐姐，早已经在半年前就去世了。

请原谅我隐瞒了半年之久，因为，我太了解碧槐，她绝不会愿意因她的死而影响你的学业。所以，我大胆地冒充碧槐，给你继续寄去支票，请你原谅我这样做。碧槐善良沉静，洁白无瑕，一生困苦，永无怨言。她像深谷幽兰，而竟天不假年！我也恨过天，我也怨过地，我也诅咒过普天下的神灵上帝。可是，死者已矣，丹枫，今天能够悼念她的，或者只有你我而已。你母亲的悲痛自不待言，但她毕竟另有丈夫子女。而我心中，几乎仅有碧槐，失去她，我等于失去了整个世界！丹枫，相信我，当她去世的时候，我的惨痛必定百倍于你的，我也曾痛不欲生，我也曾欲哭无泪……而现在，我仍然挺过去了。所以，丹枫，你也会挺过去的。帮我一个忙，帮你姐姐一个忙，千万节哀，千万珍重，为我，更为你那亲爱的姐姐！

碧槐死于去年十二月二十七日，刚过完耶诞节不久。她一直消瘦，却精神良好，我们都没料到她有心脏病，直到病情突然发作，送医已挽救不及。请你原谅我不愿详谈她死亡的经过，走笔至此，我已欲诉无言。前人说得好：死者已矣，生者何堪？丹枫，我虽从来没见过你，但是，不知怎的，在这一刻，我觉得，知我解我，唯你而已！

碧槐生前，酷爱诗词，闲来无事，她总喜欢读聂胜琼的句子："寻好梦，梦难成。有谁知我此时情，枕边泪共阶前雨，隔个窗儿滴到明。"未料到，曾几何时，这竟成为我生活的写照！

抱歉，我不该写这些句子，我原想得很好，我要写封信安慰你，鼓励你，谁知写着写着，这封信竟然变质！原谅我吧，原谅我情不自已。

我不知道今生有没有机会去英国？有没有机会见到你？或者，见到你时，我已白发如霜？无论有没有缘分相见，你在我心中，永远是个亲爱的小妹妹。只要有所需要，你一定要告诉我，就像告诉碧槐一样。我也有个小弟弟，他和我亲爱万分，我爱他就像碧槐爱你。所以，我深深能体会你们姐妹之情。丹枫，不要因为碧槐去世，就改变了你对我的友谊。请接受我做你的大哥，让我继续照顾你。

丹枫，我知道这封信对你有如晴天霹雳。不幸，人生常要面临各种意外。想开一点，生死有命，成败在天！我要重申前面的句子，为我，更为你那亲爱的姐姐，千祈节哀，千祈珍重！

纸短心长，书不尽意。请接受我最最深切的祝福

江淮　六月二十日深夜

丹枫对那信笺凝视着，深思着，一遍又一遍地细读着，她觉得自己已经可以把整封信都背诵出来了，却仍然不由自主地去捕捉着那些句子。终于，她把信笺平摊在膝上，抬头注视着桌上的台灯，那台灯有个纯白的灯罩，她就望着那灯罩发呆，直到门铃声音传来。

她跳了起来，甩甩头，长久地注视灯光使她的眼睛发花，她的神志还沉陷在那封信里。当门铃第二次响起，她才惊觉

地打开抽屉，把手里的信塞了进去。匆匆地对桌上扫了一眼，她再把那叠旧信笺完全塞进抽屉。整了整衣裳，掠了掠头发，她好整以暇地走到门边，打开了门。

江淮手里捧着一个包装精美的纸盒，大踏步地跨了进来。

"你在忙些什么？"他问，"我在门外等了半天。"

"什么都没有忙，"她笑了笑，"我只是坐在这儿出神。"

"找灵感吗？"他把盒子放在桌上，打量着她。她穿了件纯白的麻纱衬衫，白长裤，腰上绑了条彩色的丝巾。长发垂肩，飘然若仙，他不自禁地低叹一声，"你美得像梦！你飘逸得像一枝芦花！"握住了她的手腕，他把她拉进了怀里，找寻她的嘴唇。

她轻轻地推开了他，走到桌边去，望着那个纸盒问："这是什么东西？"

"一件礼物。"

"今天是什么节日吗？"她问。

"不一定要节日才需要送礼，是不是？"他说，笑嘻嘻地去解那包装的绳子。她站在一边，心不在焉地看着。他忽然抬起头来，警觉地盯着她。

"你有心事！"他说。

"没有！"她挣扎地说，勉强地笑了笑。

他把盒子推到一边，不再去解它。转过身子来，他正视着她，从她的头发一直看到她的脚尖。他的眼光深邃而敏锐，带着一种穿透似的热力，逗留在她的脸上。他的胳膊轻轻地环绕住她的腰，把她拉近了自己。他仔细地、深沉地审视着她的眼睛。

"什么事？"他低沉而有力地问。

"没事！"她固执地说着。

"别骗我。"他用手指抚摸她的眼角，"你的眼睛不会无缘无故湿的。"他的声音温柔而诚挚，温柔得让人无从抗拒："告诉我！"

她垂下了睫毛，把额头抵在他的肩上，轻声说："我想，我有点寂寞。"

"寂寞？"他不解地问，"白天我找过你，你一天都不在家。"

"并不是在家里才会寂寞，"她轻柔地说，"我出去游荡了一整天，在每个街角，每个橱窗，每个商店里……都看到寂寞。所以，我回到家里来。但是，家里也并不比外面好。"

"为什么不打电话给我？"

"你很忙，你不像我这样闲散，我不敢打扰你。"

"不敢打扰我？"他柔声问，"当你寂寞的时候，你却不敢打扰我？人生会有什么事，比你的寂寞对我更严重？"他抚摸她柔软的长发："我不好，丹枫，你原谅我，我不好。"

"你有什么不好？"她困惑地说。

"如果你觉得寂寞，一定是我不好。"他真挚地，诚恳地，温柔地说，"我居然填补不了你心里的空虚？我一定不好！"

"不要！"她抬起头来，仰望着他，她眼底的湿润在扩大，"你不许这样说，也不该这样说！你要了解，我在欧洲长大，这儿虽然是故乡，却非常陌生。偶尔，我也会想伦敦，想那儿的朋友，想西敏寺的钟声，想海德公园的露天画廊，街头的艺术家，想皇家的芭蕾舞，想那无数无数的剧院……那儿，毕竟是我生活了八年的地方！"

他用手捧着她的面颊，凝视她那深幽如梦的眼睛。"可怜的丹枫！"他怜惜地说，"你实在弄不清楚哪儿是你的家！"

她闪动着眼睑，潮湿的眼珠缓缓地转动。"不要让我影响你的情绪！"她说，"我要看看你带给了我什么礼物。"她想挣脱他。

"先不要看！"他没有放开她，"告诉我，你今晚在什么地方吃的晚餐？"

"我……"她转动眼珠，沉思着，"我……"

"你不会忘了吃吧？"他责备地说，"你曾经说过我，不该忘记吃饭，我看，你才经常忘记吃饭！"

"吃饭不是什么很重要的事。"她勉强地笑着，残余的寂寞仍然留在她的眉梢眼底。

"是吗？"他扬了扬眉毛，忽然放开她，转过身子，他在室内找寻。走到壁橱边，取出一件白色外套，他丢在她身上，简单明快地说，"走！我知道有家餐厅，有全世界最好的法国面包！虽然不是英国菜，总之是很欧洲很法国的，去吧！"

她接过大衣，迟疑地看着他。"其实，我并不饿！"她说。

"并不一定要饿才吃东西！"他拉着她就向门外走，"如果你很饿，去吃牛排和面包；如果你不太饿，去吃法国蜗牛；如果你完全不饿，去喝杯酒，吃那儿的法国情调！行了吗？走吧！"

他鼓起了她的兴致，她跟他走出了公寓。外面，四月的夜空仍然有着淡淡的凉意。天空中，月亮又圆又大，明亮地照射着大地。云层是稀薄的，几点寒星，挂在遥远的天边，在那儿疏疏落落地闪耀。

"怪不得古人说'月明星稀'，"丹枫仰望着天空。"原来月亮又圆又大的晚上，星星就特别少。"

"你的观察力很强！"他说，"我从没看过比你更喜欢观察一切、研究一切的女孩子！"

"观察力很强吗？"她扫了他一眼，"不见得。最起码，直到如今，我还没有把你观察得很清楚。"

"什么意思？"他微蹙着眉。

"没有什么意思。"她很快地说，"你像一个海洋，深不见底，又包罗万象。你太丰富，不是三天两天就能观察清楚的。你听说过有人凭几个月的工夫，就研究清楚海洋吗？海洋学是一门很大的学问，穷一个人毕生的精力，也不见得研究得透，是不是？"

他在月光下看她，她的脸在星光月光灯光下，显得迷离深沉而变幻莫测。

"如果我是海洋，你倒像太空。"他说，"不知道到底哪一项的学问大？哪一项更难观察和研究？"

她低下头去，微笑不语。那笑容含蓄而略带忧愁，是难绘难描而又动人心魄的。

没多久，他们已经坐在那名叫"罗曼蒂"的西餐厅里了。这家餐厅确实很法国味，很有欧洲情调，而那松脆的面包，也是非常地道的"法国化"。他们坐在一个角落里，先叫了两杯红酒。丹枫一闻到那烤大蒜面包的香味，以及那炸牛排的味道，就宣称她"确实饿了"。于是，他们点了洋葱汤、牛排和蜗牛。

啜着红酒，丹枫四面张望着，她那"潜在"的"观察力"又在充分发挥。这儿的生意很好，中国人外国人都有。她的眼光在一桌一桌间扫过，端着酒杯，感慨地说："在伦敦的时候，我绝想不到，台湾会这样现代化。这儿的牛排，甚至比英国还好。"

"最近两年来，我们经济繁荣得很快，"他说，"你在世界各地能有的生活享受，在这儿都可以享受到。而且，还不必受国外那种种族歧视。这就是我不愿意出国的原因，我的家族观念太重。"

"但是，你的两个妹妹都出国了。"

"嫁给留学生，那是不得已。"

"你弟弟呢？也会出国吗？"她问，眼光扫向对面一个角落。在酒吧旁边有一桌绅士，大约有四五个人，全是男性，其中有个戴金丝边眼镜的中年人，不住向她这边悄悄注视着。

"我弟弟？"江淮想着江浩，想着他的蜗居，他的蜜蜂攻势，他的林晓霜，和他的小雪球。"我不知道。他学了英国文学，这实在是一门很糟糕的科系，我想，他连中国文学都没念好，怎么弄得清楚英国文学？"他笑了起来，"念了快两年的大学，他会背的莎士比亚全是自己编出来的。有次教授考了一个题目，问他莎士比亚的某句名言有没有错误，为什么？他回答说：没有错误，因为拼音正确！这就是我的宝贝弟弟！聪明有余，而用功不足！"

丹枫忍不住笑了。"他那题考试得了多少分？"她关心地问。

"零分！"

"不公平，"丹枫啜着酒，面颊和嘴唇都被酒染红了，"正确答案应该是什么呢？"

"那句话根本不是莎士比亚说的，是狄更斯说的！而且，是狄更斯最有名的几句话！"

"哪几句话？"她笑着问。

"那是个光明的时代，也是个黑暗的时代……"

"《双城记》里的！"

"是呀！这么容易的题目，他会说是拼音正确！"

"答得也对！"她笑意盈盈，"你弟弟相当调皮！他叫什么名字？哦，叫江浩，你告诉过我。"她再望向墙角，那金丝边的眼镜客仍然在盯着她这边看。

洋葱汤送来了，她撒上了乳酪粉，用小匙搅着。

"你很爱你弟弟，是吗？他那么淘气，你谈起他来，还是一股欣赏的口气！"

"他是很淘气，但是淘气得很可爱！"

她凝视他，半晌，忽然叹了口气。

"怎么了？"他问，"干吗叹气？"

"我羡慕你们！有兄弟可以爱，多好！"

"你不爱你的弟妹们吗？"

　　笑容从她的唇边消失了。抬起头来，她正视着他，她的眼睛里布满了一份无奈的、恻然的凄凉。"我只爱我的姐姐，"她轻声说，"好爱好爱我的姐姐。至于我的弟妹，他们是些小洋鬼子，我这样说或者太过分了，但他们确实是些小洋鬼子。他们不会说中文，黄头发，蓝眼睛。有次，我那个大弟弟跟我吵架，他用脚踢着我骂：'你这个中国猪，给我滚出去！'我那懦弱的母亲，只用无可奈何的眼光看我。从那次以后，我就再也没有回到曼彻斯特去看母亲。我心里的母亲——"她低叹一声，"是碧槐！但是，她死了。"她低下头去，用手遮着额，有两滴水珠落在洋葱汤里。她的声音低得像耳语，"江淮，你不应该让她死！你真不应该！"

　　他伸出手去，盖在她的手上。

　　她慢慢地抬起头来，眼底的雾气消失了，又清亮有神了，她勉强地笑笑："对不起，我总是破坏气氛！"

　　牛排送来了，那香味扑鼻而来。她用餐巾遮着那四散的油烟，提着精神说："闻起来就够香的，我饿了。"

　　他紧握了一下她的手，收回手去，他注视着她，眼底充满了诉不尽的温柔和感情，他低沉而略带沙哑地说："为我多吃一点，丹枫。握你的手，就知道你有多瘦！为我多吃一点！"

　　"你怕我瘦？"她冲口而出，"怕我像姐姐那样忽然死去？怕我死后没有另一个妹妹来填空？"

　　"当"的一声，他手里的叉子落在盘子里。他瞪视着她，眼睛里迅速地涌进一抹难以描绘的惨痛和悲愤。他死死地，深深地，长长久久地瞪着她。呼吸沉重地鼓动了他的胸膛，他的眉头紧蹙了起来，眉心里有几道直直的刻痕。某种刺心的痛楚把他激怒了，使他苦恼了，使他悲切而难以忍耐了，他再也控制不住自己，他喘息地，低声地，压抑地，从喉咙深处迸出几句话："丹枫！你怎么说得出这样残忍的话？你一定要让我们痛苦吗？你决心不让我们快乐吗？假若如此，你早一点告诉我，我会知难而退！假若我们的感情，永远要在碧槐的阴影中挣扎，我宁可撤退！丹枫！你那么聪明，你何苦要折磨我？你……"

"江淮！"她喊，被自己所造成的局面所惊吓了。放下了刀叉，她紧张而苦恼地看着他。一时间，不知该如何是好。正好，那个戴金丝边眼镜的人走过来了，他显然认出了江淮，他笑嘻嘻地，大踏步而来。于是，丹枫伸手摇摇江淮的手腕，仓促地说："有个人认得你，他来跟你打招呼了！"

江淮仍然紧盯着丹枫，半晌，才闷闷地回过头去。谁知，那戴眼镜的并不理江淮，却一直走向丹枫，笑吟吟的，讨好地弯下腰去，伸手要和她握手，一面说："哈！好久不见了！原来你没离开台北。我听到许多谣言，原来都是无稽之谈！刚刚我一直不敢认，你变了好多！怎么……"他僵了僵，错愕地睁大眼睛，"你不认得我了吗？你还给我取绰号，叫我'金边田鸡'。那次你过生日，我还给你凑了……"

江淮跳了起来，一把推开那个客人，脸色铁青，气势汹汹地嚷："先生，你认错人了！"

那人已有了几分酒意，被江淮这样用力一推，差点摔了一大跤，他踉跄着站稳，就卷袖子、露胳膊，哇哇大叫地吵开了："你怎么打人？你要打架呀？我也认得你，你这个小白脸，你以为你漂亮，你吃得开？要打架，咱们就打呀！我又不跟你说话，你这个王八蛋！你这个混蛋！你这个兔崽子……"

江淮一拳头就揍了出去，把那个人直打到酒吧边上，带翻了好几张桌子。整个餐厅里大乱起来，尖叫声，逃避声，侍者慌忙跑过来劝架，那一桌的人全过来了，个个都摩拳擦掌，要对江淮扑过来。那"金边田鸡"躺在地上直哼哼。眼看情况不妙，江淮丢了一沓钞票在餐桌上，拉着丹枫就逃出了那间餐厅。后面的人还在大声吆喝怒骂着。迎面冷风吹来，丹枫打了一个冷战，头脑才从那阵惊慌错乱中恢复过来。她愕然地问："这是怎么回事？"

"倒霉！"江淮愤愤地说，"碰到了一个酒鬼！真是出门不利，早知道，也别吃什么牛排了。"

丹枫默然不语，她在回忆着那个客人的神情，回忆他始终对自己这边注意的神态。江淮还在生气，在回家的路上，他闭紧了嘴，一句话也不说。她偷眼看他，他只是闷着头开车，脸色铁青，眉头紧锁，眼中阴鸷地发着光。她知道，他不仅在和那个酒鬼生气，也在和她生气，只为了她那句残忍的言语。他的沉默影响了她，她也闭紧嘴巴，默然不语了。

到了她的公寓门口，她找出钥匙来开门。他靠在门边，阴郁地望着她。她打开了门，忽然若有所悟地说："我知道了！那个人一定认识碧槐，他把我看成碧槐了。我们姐妹一

向长得就像！你不该打他，你应该问问清楚！他可能是碧槐
的朋友！"

"碧槐没有这一号朋友！"他武断地说，紧盯着她，没好
气地问，"我们是不是一定要谈碧槐？"

"是的！"她也冒火了。她的眼睛里闪着火焰，面颊因激
动而发红了，"她是我的姐姐，是你的爱人！如果你怕谈她，
除非是你做过对不起她的事！"

他死死地盯了她几秒钟，然后，他转开头去，生硬地，
冰冷地，僵直地说了句："再见！"

说完，他头也不回地，就对那楼梯直冲了下去。她靠在
门上，只觉得心脏紧缩起来，她想说什么，想叫住他，想挽
回，想追过去……但她什么都没做。目送他的影子消失在楼
梯的转角处，她冲进了房间，砰然一声关上了房门。

一屋子的冷清在迎接着她，一屋子的寂寞在迎接着她，
她慢吞吞地走到书桌前面，扶着桌子，她四肢乏力地坐进桌
前的椅子中。忽然，她看到他带来的那个纸盒了，那个包装
精美，拆了一半的"礼物"。她慢慢地伸手把盒子拉到面前
来，机械地，下意识地拆开了那个盒子。于是，她看到了一
对水晶玻璃做成的雁子，睡在一个水晶玻璃盘丝般盘成的巢
里。那母雁子舒适地躺在窝中，公雁子却无限温存地用嘴帮
她刷着羽毛。整件雕刻品玲珑剔透，在灯光的照射下闪闪发
光。她望着这对雁子，望着望着，她觉得面颊上湿漉漉的。
用手抹了抹面颊，她去收拾那些包装纸，却发现盒子里还有
一张卡片，她拿起卡片，上面是首小诗：

问雁儿，你为何流浪？

问雁儿，你为何飞翔？

问雁儿，你可愿留下？

问雁儿，你可愿成双？

我想用柔情万丈，

为你筑爱的宫墙，

却怕这小小窝巢，

成不了你的天堂！

我想在你的身旁，

为你遮雨露风霜，

又怕你飘然远去，

让孤独笑我痴狂！

　　她读着读着读着，蓦然间，她把头趴在这卡片上，她哭了，泪珠迅速地化开了卡片上的字迹，变成了一片模糊。

第九章

　　丹枫仰卧在床上，头枕双手，目光毫无目标地望着窗子，心思飘忽，神魂不定。夜已经很深很深了，她却了无睡意。

　　在床头柜上，亮着一盏小小的台灯，灯罩是湖水色的，灯光也就显得特别幽柔。她定定地望着窗子，窗玻璃开着，晚风正从视窗吹入，把那白色的窗纱吹得飘飘然地晃动。她凝视那白纱，那轻微的飘动像浪花起伏，像白云涌动，像衣袂翩然……衣袂翩然……衣袂翩然……碧槐寄过这样的一张照片给她，她穿了件白纱的衣服，迎风而立，风鼓起了她的白纱，像一只白色的、振翅欲飞的大鸟。碧槐在照片下面，题了几行字：

　　便是有情当落月，

　　只应无伴送斜晖。

　　寄语东风休着力，不禁吹。

"寄语东风休着力，不禁吹！"她是指什么呢？她已自知命不久长？她已知自己弱不禁风？那么，"便是有情当落月，只应无伴送斜晖"又是什么意思？一个沉浸在热恋中的女郎，为什么要写"只应无伴送斜晖"？碧槐，碧槐，你去则去矣，为什么留下了这么多疑团？为什么去得这样不明不白？不清不楚？你走得甘愿吗？你睡得安稳吗？你对那个男人——江淮，到底是恨？是怨？还是爱之入骨呢？碧槐……她在心中喃喃呼唤，你救我吧！救我吧！我那亲爱的姐姐！虽然幽明两途，虽然海天遥隔，你仍然把我从海的彼岸招回来了。而今，你把我牵引到了一个梦中，你要我在这梦里何去何从？

她又想到今晚江淮在门口的离开，就这样走了，就这样愤愤然地走了！她应该不在乎，可是，为什么她的心一直隐隐发痛？她的神志一直昏昏沉沉？丹枫啊丹枫，她叫着自己的名字，你一直怕作茧自缚，你仍然作茧自缚了。

风大了。那白纱在风中飞舞。她继续盯着那白纱看，呆呆地盯着那白纱，怔怔地盯着那白纱……她的眼光模糊了，她的头脑昏沉了，她的神志越来越陷入了一种虚渺的梦幻似的境界里去了。然后，她似乎睡着了。

"丹枫！"她听到有个女性的、温柔的声音，在轻轻地呼唤着，细细地呼唤着，"丹枫！丹枫……"

"你是谁？"她模糊地问着，挣扎着。觉得自己在做梦。她竭力想从那梦中醒过来，又竭力想不要醒过来。

"看我！"那声音说，"丹枫，你不会认不出我啊，因为你长得那么像我！"

她定睛看去，于是，她看见了！碧槐正站在那儿，穿着一袭白纱的衣服，飘飘然，渺渺然，如虚如幻地站在窗口。她的脸色好白，眼珠好黑，一头乌黑的长发，也在风中飞舞着。她的唇边，带着一个好凄凉的微笑；她的眼底，充满了关注与怜惜。是的，这是碧槐，她长得和她一模一样！她向她走来，站在床前两尺的地方，静静地、悲凄地、苍凉地、爱怜地凝视着她。

"姐姐！"她叫，伸出手去，她想去拉她那如云如羽的白衣，但是，她碰不到她。焦灼使她懊恼，她急迫地低喊："姐姐！真的是你吗？你来了吗？"

"是我！"碧槐低语，仍然离她似近似远，仍然飘飘然如真如幻，"丹枫，我来了，我要告诉你一件事，离开江淮！逃开他！逃得远远的！"

"姐姐！"她惊喊，"为什么？你爱他，不是吗？"

"爱就是毁灭！记住，丹枫，爱就是毁灭！"

"告诉我！清楚地告诉我，他毁灭了你吗？他怎样毁灭你？"

"他勒死了我！"碧槐的声音低如耳语，她的身子轻飘飘地向窗边隐去，"他勒死了我！用他的爱勒死了我！"她重复地说着，"丹枫，爱情不是游戏，你要用你的生命去赌博！"

"姐姐！"她急切地喊，眼见她的身形即将隐灭，她焦灼地大叫，"你怎么死的？姐姐？"

"我赌输了！"她凄然长叹，"我赌输了！"

“什么叫赌输了？你是什么意思？”

“丹枫，你也开始赌博了！注意，你不能像我一样，你不能赌输！丹枫，回英国去，回伦敦去！”

“姐姐，你要我走？”

“回英国去！回伦敦去！”碧槐重复着，悲戚地叮嘱着，“快走！还来得及！”

“姐姐，我是为你而来的！”她狂喊。

“那么，再为我而走吧！别去追那个谜底，放开江淮！放开他！”

“你叫我逃开他，还是放开他？”

“逃开他！也放开他！”

“如果我已经逃不开，也放不掉了呢？”

“丹——枫——”她呻吟着叫，身子迅速地往窗外隐去，一边隐退，一边凄然而歌：

灯尽歌慵。

斜月朦胧。

夜正寒、斗帐香浓。

梦回画角，云雨匆匆，

恨相逢，恨分散，恨情钟！

“姐姐！”她大叫，从床上直跳起来，整个人都惊醒了。她对窗前看去，一窗斜月一窗风，哪儿有碧槐？哪儿有白衣女郎？风正飘飘，纱正飘飘，一屋子的沉寂，一屋子的月色。

她才恍然自觉，一切都只是个梦！

为什么会做这样的梦呢？为什么？只因为"日有所思，而夜有所梦"吗？

她用手拂了拂头发，满头都是冷汗，四肢软软的，只觉得心跳急促，浑身一点力气都没有。她慢慢地摸索下床，慢慢地走到那敞开的窗前。寒风扑面而来，她衣衾单薄，不由自主地连打了两个寒噤，心里模糊地想起碧槐照片上的句子："便是有情当落月，只应无伴送斜晖。寄语东风休着力，不禁吹。"一时之间，竟心动神驰。抬起头来，月明如水。她倚窗而立，碧槐在梦中的一言一语一颦眉，都历历在目。她想着她的神情，回忆着她的谈话，尤其，是她最后的那句悲歌：

恨相逢，恨分散，恨情钟！

她回味着这歌中的意义，心里越来越凄苦，越来越恍惚，越来越迷惘，越来越痛楚。是耶？非耶？碧槐真的来过了？魂兮归来！她是不是念着她那苦恼的小妹妹，要给她一个当头棒喝！逃开他？放开他？回英国去！回伦敦去！情为何物？一场赌博！到头来，是"恨相逢，恨分散，恨情钟"！她心跳更速，呼吸急促，胸口像烧了一盆烈火，而浑身却冷汗涔涔。是的，回去！回去！回英国去！逃开他！放开他！离开他！她脑中一片呐喊之声，喊得她头痛欲裂。冲到酒柜边，她为自己倒了一大杯威士卡。

握着酒杯，她一连喝了好几口，胸中的烈火仍然在燃烧，她觉得燥热无比。把前后的窗子统统打开，迎着满屋子的风，她似乎凉爽了不少。干了杯中的酒，她再倒了一大杯，酒精刺激着她的神经，她反复想着"恨相逢，恨分散，恨情钟"的句子，真不知身之所系，魂之所在。她大口大口地饮着酒，泪珠不知不觉地溢出了眼眶，不知不觉地滴在杯子里。

电话铃突然响了起来。在这寂静的深夜里，那声音大得惊人，震得她耳鼓都疼痛了。她走到沙发边，坐进沙发里，拿起了电话。

"喂？"她一手握着电话，一手握着酒杯，神思恍惚地说，"你找谁？"

"丹枫！"江淮的声音立即传了过来，"我是不是吵醒了你？我没办法，我睡不着，我非给你打这个电话不可！丹枫，你在不在听？"

"我在听。"她把手腕支在沙发扶手上，把听筒压在耳朵上，她又喝了口酒，语音模糊，"我在听，你说吧！"

他似乎迟疑了一会儿。"你在做什么？"他问。

"我在听电话。"她回答。

他沉默了片刻。"丹枫！"他终于又开了口，"我打这个电话给你，特地向你道歉，对不起，丹枫，今晚我很失常，很没有风度，我表现恶劣！请你原谅我！"

"我会原谅你！"她慷慨地说，"我一定原谅你！反正，我要回英国去。"

"什么？"他惊呼着，"你说什么？"

"我要回英国去。"她清晰地、苦涩地说，喉头忽然哽住了，泪又冲进了眼眶。"我已经把一切都弄得乱七八糟了，所以，我明天就走！我会逃开你，我也会放掉你！我什么都不再追究，我回英国去。流浪的雁儿来自何方，去向何方，我不再烦扰你，明天就走……"

"丹枫！"他急喊，"你怎么了？你在说些什么？好吧！我马上过来看你！我们当面谈！你等我！我十分钟之内就过来！"

"不不！我不见你！"她说，泪痕狼藉。她无法控制自己的声音，喉中的硬块在扩大，她的声音呜咽而颤抖，"我不要见你，我放掉你！否则，就来不及了！我会害怕我找到的真实！我走，我明天就走……"

"丹枫！"他的声音里充满了焦灼和惊痛，他哑声地低吼，"你不要哭！我马上过来！"

"我根本没有哭，你这个傻瓜！"她说，可是，对方已经收了线。她举着那听筒，呆呆地望着，足足望了好几分钟，她才喃喃自语地，不知道叽咕些什么，把听筒挂回原位。

站起身来，她发现，酒杯已经空了。她走到酒柜边，再倒了一杯酒，折回到窗边，她倚窗而立，望着窗外的一轮明月发怔。半天半天，她对月举杯，喃喃地念："花间一壶酒，独酌无相亲。举杯邀明月，对影成三人。月既不解饮，影徒随我身。暂伴月将影，行乐须及春。我歌月徘徊，我舞影零乱……"

门铃声打破了她的背诵，她侧耳倾听，蹙起了眉头，她忘记了下面的句子了。门铃更急更切地响了起来，叮咚叮咚叮咚叮咚……把夜给敲碎了。

她端着酒杯，微蹙着眉，走到门边去。打开了门，江淮立刻冲了进来。她后退两步，愕然地瞪着他，愕然地说："我叫你不要来！"

他关上房门，望着她。他的脸色苍白，眼睛里明显地写着惊惧和痛楚。她继续后退，他伸出手，一把抓住了她，因为她差点被沙发绊倒。她站稳了，闪着睫毛，看着他。

"你来做什么？"她问。

"丹枫！"他沉痛地喊了一声，皱紧了眉，四面张望，"你这屋里怎么冷得像冰窖一样？你为什么把所有的窗子都打开？你在干什么？喝醉了吗？"

"我没有醉，我只是热得很！"

他把她推到沙发边，按进了沙发里，她不由自主地坐了进去，仰靠在那儿，被动地坐着，被动地望着他。他取走了她手里的酒杯，她不动，任凭他拿去杯子。然后，他冲到每一扇窗子前面，去关上那些大开着的窗子。当他关到卧室床前那扇窗子时，她忍无可忍地叫了起来："别关它！让它开着！"

他回头看她。"起风了。"他柔声说，"你会受凉！"

"不许关它！"她固执地喊，"碧槐刚刚来过！"

"你说什么？"他惊愕地问。

"碧槐刚刚来看过我，"她望着那窗子，做梦般地说，"她从这扇窗子里进来，穿了一件白纱一样的衣服，她要我回英国去，立即回去！她跟我讲了很多话，还对我唱了一支歌，里面有'恨相逢，恨分散，恨情钟'的句子，她唱着唱着，就从这窗子中飘走了。你不可以关这扇窗子，说不定她还会回来！"

他注视了她几秒钟。走过来，他把手压在她的额上，他的手又大又凉又舒适，她低叹了一声，合上眼睛。"我好累好累。"她低语。

他在她沙发前跪了下来，用手托住她的下巴，他用另一只手试探她脖子及后颈的热度，立即，他把她整个人拥进了怀里，把她的头压在自己的肩上，他的面颊贴着她的头发，他的声音沙哑地、心痛地在她耳畔响了起来："你不是醉了，你是病了！你起码烧到三十九度！怪不得你忘了吃晚饭，怪不得你语无伦次！你每天在外面游荡，你不是铁打的，你病了！"

他把她从沙发上横抱起来，她无力地躺在那儿，双颊如火，双目盈盈。

"我没有病，"她清楚地说，"碧槐刚刚来过了。"

他把她抱到床边，放在床上。问："你家里有阿司匹林吗？"

她冒火了。从床上一跃而起，她恼怒地说："我没有病！我告诉你，碧槐刚刚来过了。"

他一把握住了她的双手，把她那双小手紧合在他的大手之中，他在床沿上坐了下来。苦恼地，悲痛地，不安地，而又忍耐地望着她。"好，"他咬咬牙，"显然你绝不肯放松这个题目。我们之间，从一开始，碧槐就在穿针引线，她始终在冥冥中导演一切。我明白了，我无法躲避她。那么，就让我们来谈谈碧槐吧！她今晚来过了？嗯？你见到她了？"

"是的！"她肯定地说，"她穿了件白纱的衣服，唱一支好凄凉的歌，她要我逃开你！"

"逃开我？为什么呢？"他耐心地，柔声地问。

"我不知道！你告诉我！你是危险的吗？你是可怕的吗？你的爱情会扼杀一个人的生命吗？你告诉我！"

他大大地震动了一下。瞪着她，他默然不语。

"你告诉我！"她大声吼叫了起来，"不要再骗我，不要对我花言巧语。碧槐是怎么死的？你说！你告诉我！心脏病？她真有心脏病吗？"

他面如死灰，眼珠黑黝黝地闪着光。他紧闭着嘴，脸上遍布着阴郁和矛盾。

"告诉我！"她更大声地叫，"说实话！她害的是什么鬼心脏病？什么医生给她诊断的？她怎会有心脏病？"

她那凌厉的眼神，她那咄咄逼人的语气，使他再也无从逃避了。他徒劳地挣扎着，挣扎在一份看不见的凄苦和无助里。终于，他哑声地开了口，声音古怪而沙哑："你什么时候开始怀疑的？"

"你不要管！"她继续吼着，"只告诉我，她是怎么死的？怎么死的？她从没有心脏病，她和我一样健康！她不可能死于心脏病！你还要继续欺骗我吗？你还不肯说实话吗？她是怎么死的？"

他注视着她，他的脸色更灰败了，他的眼睛更深邃了。他用舌尖湿润了一下嘴唇，然后，像是使出了全身的力气，他从嘴里迸出了几个字来："她是自杀的。"

她一下子失去了所有的力量，倒在枕头上，她听到自己的声音，突然变得又柔弱，又无力，又苍凉："那么，传言都是真的了？她确实死于自杀了？她——"她陡然又提高了声音，"为什么会自杀？"

他不语。

"为什么？"她厉声地、固执地问。

"还能为什么？"他的声音像来自深谷的回音，幽冷而遥远。"我们之间闹了一点小别扭，我不知道她的性情会那么烈，我们——吵了一架，她就吞了安眠药。等我发现的时候，已经——太晚了。"

"一点小别扭？"她问，唇边浮起了一个冷笑，"什么小别扭？例如——你另外有了女朋友？"

他再度一震。

"不！"他本能地抗拒着，像被射伤了的野兽，在做垂死的挣扎。"不，请你不要问了！丹枫，请你不要问了！已经过去了，你让它过去吧！"

"不行！"她从枕上抬起身子，半坐在床上，紧紧地盯着他，坚定地，有力地问，"我要你说出来，你们闹了什么别扭？有什么别扭会用生命来赌气？你说！你说！是什么别扭？是什么？"

他转开了头，不看她。他的声音暗哑、低沉、激动。"好，我说！"他忽然横了心。豁出去地、被迫地、很快地说："为了一个女孩子，碧槐认为我移情别恋了！"

“那个女孩子呢？”她继续追问。

“嫁了！”他大声说，“嫁给别人了！你满意了吗？”

“满意？我当然满意！”她冷笑着，“原来那个女孩也不要你了！原来，你也一样失恋了？原来——负人者，人恒负之！”

他咬紧了牙，额上的青筋在跳动，他的呼吸急促，眼中布满了红丝。他不看她，他的眼光停留在那台灯上。灯光照耀之下，他的脸色像大理石，他的嘴唇毫无血色，他的眼珠黑而迷蒙，阴鸷而深沉。

她的手挣出了他那双大手，她用胳膊轻轻地挽住了他的脖子，她低声叹息，悠悠然地说：“你何必瞒我？你何必欺骗我？如果你一上来就告诉我真相，也省得我在黑暗里兜圈子。”她轻轻地，柔柔地，把他往自己身边拉，低声而甜蜜地说，“过来！”

他被催眠似的转头看着她，她那发热的双颊红得像熟透的苹果，眼睛水汪汪地发着光，嘴唇因热度而干燥，却红得像新鲜的草莓。她眼里没有仇恨，没有责备，没有怨怼，只有一种类似惋惜的、感慨的情绪。他又惊又喜又悲，不相信似的说：“你不恨我吗？”

“过来！”她低语，唇边浮起一个温婉的、凄然的微笑，把他拉向自己。

他俯下头去，感激得心脏都几乎停止了跳动。他刚接触到她那发热的嘴唇，她就支起身子，鼓起了浑身的力量，对着他的面颊，狠狠地抽去一个耳光。她咬牙切齿地，悲愤万状地，目眦尽裂地说："你欺骗了姐姐还不够，还要欺骗妹妹吗？你以为我也和碧槐一样，逃不过你的魔掌了？你玩弄我，就像你当初玩弄姐姐。你以为你是什么？你是翩翩公子，你是大众情人，你是瓦伦蒂诺！你，你，你……你瞒得我好苦！你……你这个——你这个——"她浑身颤抖，手冷如冰，气喘吁吁地挣扎着嚷，"你这个魔鬼！你这个流氓！你这个衣冠禽兽！"喊完，她再也支持不住，像是整个人都掉进了一锅沸油，又像是掉进一个无底的冰窖，在酷寒与酷热的双重压力下，她颓然地倒了下去，颓然地失去了知觉。

似乎经过了几百年，几千年那么长久；似乎火山爆发过又静止了，冰山破裂后又复原了。她忽而发热，忽而发冷地闹了好久，终于，她醒了过来。

睁开眼睛，她觉得自己额上压着一个冰袋，四周静悄悄的。扬起睫毛，她对室内望去，是下午还是黄昏，夕阳的光芒染红了窗子。她微微一动，觉得有人立即压住她额上的冰袋，使它不至于滑下去。她转过头，于是，她看到江淮正俯身望着她。他面容憔悴，满脸的胡子茬，似乎一下子老了好多。他的眼睛因无眠而充血，眼眶发黑，脸色青白不定。带着一种畏怯的、歉然的、退缩的、不安的神情，悄悄地注视着她，他唇边涌上一个勉强而凄苦的微笑。

"醒了？丹枫，你昏睡了一整天。我请医生给你看过了，你只是受了凉，又受了刺激。已经打过退烧针，你一直在发汗，我不敢离开。"他咬咬嘴唇，"我知道你恨我，也知道你并不想见到我。我想，我们之间，一切都完了。我不想为自己多说任何一句话，只请求你允许我照顾你，直到你病好了。以后，你愿意怎样都可以，我绝不会纠缠你；如果你想回英国，我会买好飞机票送你上飞机。我留在这儿，并不是不识相，只是，你病得昏昏沉沉，我实在不放心离开。"他卑屈地垂下眼睛："假若你现在要赶我走，我马上就走。但是，让我叫明慧来伺候你，好吗？方明慧是我的秘书，你见过的。"

她把头转向床里，他那卑屈忍辱的语气使她内心绞痛。她要他离开？还是要他留下？她感到头痛欲裂，而那不争气的泪珠，却偏偏要夺眶而出。她压制不住自己的呜咽，那泪珠成串地滚落在枕头上，迅速地打湿了枕套，她一语不发，开始忍声地啜泣。

"丹枫！"他凄楚地，委婉地低唤着，"请你别哭，求你别哭！"

更多的泪珠涌了出来，跌碎在枕头上。他掏出一条干净的大手帕，细心地拭去她眼角的泪痕，又扶正她额上的冰袋。她咬紧牙关，不使自己哭出声音来。那忍声的啜泣震动了他的五脏六腑，他一下子跪在她的床前，扶住了她那震颤的头颅。

"你到底要我怎样，你说吧！丹枫，求你不要这样折磨你自己。如果你想哭，你就痛痛快快地哭，如果你要骂我，你骂吧！随你怎么骂，你骂吧！"他喊着说。

她睁大眼睛，泪珠从她的眼角不断向下滑落，她望着他，透过那层泪雾，直直地望着他。那被泪水浸透的眸子又亮又大，她微张着嘴，那颤抖的嘴唇良久都发不出声音，好久好久，她才悲不自已地吐出一句话来："江淮，你看过那么多小说，你不会另编一个故事给我听吗？编一个不会伤害我的。"

他一下子把头扑进了她的棉被里，悲叹着说："我已经编坏了一个。"

她伸手抓紧了他那浓黑而蓬乱的头发，挣扎着说："请你给我一个理由，让我能够原谅你吧！"

他浑身掠过一阵痉挛。匍匐在那儿，他一动也不动。好半晌，他抬起头来，他那苍白的脸因激动而发红，眼睛因希冀而发光，声音因意外的希望而颤抖："我有一个理由，"他小心翼翼地说，"但是，不知道你能不能接受？"

"你说吧！"她含泪看他，一脸的悲苦和无助。

"我爱你！"他低沉而有力地说，脸孔完全涨红了，眼睛里充满了狼狈的热情和痛楚。

她仔细地看他，像在鉴定一个艺术品的真伪。

"你对几个女孩子讲过这三个字？"她幽幽地问。

他跳起身子，转过头去，他走向了视窗，站在窗前，他双手颤抖着点燃了一支烟，对窗外喷出一口浓浓的烟雾。立即，那烟雾就被窗外的暮色吞噬了。

室内好静好静，一时间，两个人都不想再讲话。丹枫闭上了眼睛，疲倦很快征服了她，她又蒙眬入睡了。

模糊中，有人给她盖好了棉被；模糊中，有人把冰袋换了新冰块，压在她的额上；模糊中，有人轻轻地、叹息地吻着她的额；模糊中，有人低语了一句："丹枫，接受这第二个故事吧，最起码，它比第三个还要好受些！"

她太倦了，她什么都抓不住，她睡着了。

第十章

江浩有好几天没有见到林晓霜了。

这天早上，他去上课以前，特地绕道到兰蕙新村去。这是新建好不久的一个社区，每栋房子都是独立式的小洋房，房子不大，属于那种"麻雀虽小，五脏俱全"的类型，每座房子的格式几乎都完全一样。有矮小齐腰的围墙和小小的院落。林家在第一排的倒数第二栋。

走到了林家的院子外面，江浩就一眼看到了晓霜的奶奶，她在树与树之间拉上了绳子，正在那儿晾衣服呢！那树却是修剪得如亭如伞的榕树，想当初，盖房子的人绝没想到这特地种植的树木会成为晒衣架。江浩对"奶奶"这个人物，一直有种好奇，她老而古板，一成不变地照她"旧社会"的方式生活，就拿晒衣服这件事来说吧，江淮就听过晓霜对她没好气地抗议过："奶奶，你看有几家人把衣服晒在树上？你不会把它晾到后院里去吗？"

　　"后院里晒不到太阳！"奶奶固执地、我行我素地、理所当然地说，"阴干了的衣服穿了会生病！"

　　于是，问题就这样解决了，榕树的命运注定了是晒衣架。奶奶有她的固执，她不肯用新东西，举凡洗衣机、烤箱、电热炉、冷气机……她都恨。唯一能接受的只有电视，她对电视永不厌倦，从闽南语剧到综艺节目，从歌唱到电视长片，她都看得津津有味。而她那对视力坏透了的眼睛，早已看什么都是模模糊糊了，眼镜能帮的忙似乎也很少。晓霜常问："奶奶，你一天到晚开着电视，你看到了些什么？"

　　"噢，红红绿绿的真好看！"

　　"你听得清楚他们唱些什么吗？"

　　"听得清呀！"奶奶眉开眼笑地说，"他们唱'你弄我弄，土沙泥多，泥多搓，揉揉合……'他们做泥娃娃玩呢！"

　　晓霜笑弯了腰，私下对江浩说："咱们家的奶奶，是个老宝贝！"

　　"你是个小宝贝！"他对晓霜说。

　　真的，晓霜在家中，不只是个"宝贝"，还是个"女王"。江浩曾经观察过奶奶对晓霜的态度，似乎敬畏更超过了宠爱。晓霜和谁都没大没小，对这位奶奶也没什么敬意。而奶奶呢，仿佛晓霜说的话就是圣旨，她服她，惯她，爱她，为她做一切的事。奶奶不识字，爱吃甜食，爱耍耍小脾气，晓霜眉头一皱，奶奶就乖乖地溜回自己的屋里去。奶奶常怀念她在台中的老朋友，晓霜也陪她回去，一去就好几天不见踪影。江浩始终不明白，她们的老家既然在台中，为什么要搬到台北来。晓霜对这件事也讳莫如深。奶奶不回台中的日子，晓霜自由得很，她常常一失踪就好几天，不知道疯到什么地方去了。奶奶也不管她，听凭她爱怎样就怎样。江浩总觉得晓霜"自由"得过分，自由得连他这种酷爱"自由"的人都看不顺眼。最初，他对晓霜的"自由"和"行踪"都漠不关心，他知道他们并没有进展到可以彼此干涉"自由"的地步。但是，近来，他却发现，晓霜的"潇洒"和"自由"已严重地刺伤了他，他很难再对她的"行踪"保持冷静的旁观态度了。每当他一想到她不知道正流连在哪一个歌台舞榭中，和哪一个男孩子在大跳哈索，他就浑身的血液都翻滚起来了。他明知这种情绪对自己是个危险的信号，却身不由己地，一步步陷进这种情绪里去了。

他已经有五天没见到晓霜了。五天前，他和晓霜一起爬上了观音山的山顶，晓霜站在那山头上大唱"我现在要出征"，然后，她就不见了。不知道"出征"到哪儿去了？这是她的老花样，忽隐忽现，忽来忽往，飘忽得就像一缕轻烟，潇洒得就像一片浮云，自由得就像一只飞鸟，他曾听江淮说过，陶丹枫自比为一只大雁——不，晓霜不是大雁，她是只小小的云雀，善鸣、善歌、善舞、善飞翔、善失踪。

江浩站在院子外面了，隔着那做装饰用的镂花小矮墙，他望着里面，把书本放在墙头上。小雪球正在榕树下打瞌睡，听到江浩的声音，它立即竖起耳朵，回头对江浩喜悦地张望。江浩对它吹了声口哨，它马上就兴奋了，连滚带爬地冲了过来，它对着他大叫着，徒劳地想跳上墙头来。奶奶被这阵骚动惊动了，她回过头来，眯着眼睛，视线模糊地想看清来人是谁。

"奶奶！"他叫，"是我，我是江浩！"他知道奶奶在这段距离中，根本看不清他。

"刚好？"奶奶口齿不清地问，"什么东西刚好？"

看样子，奶奶的耳背已经不可救药了。他大叫着说："晓霜是不是还在睡？"

"你来收报费？"奶奶问。

江浩摇了摇头，抱起墙头的书本，他绕到院子的大门口，从上面伸手进去，打开了门闩，他走了进去。立刻，小雪球疯狂地摇着尾巴，疯狂地扑向了他，疯狂地叫着嚷着，往他身上跳着。他俯身抱起了小雪球，那小家伙立即又舔他的鼻子，又舔他的下巴，又舔他的面颊，又舔他的耳朵……闹得他一个手忙脚乱。他抱着雪球，走到奶奶面前，奶奶定睛一看，这才弄清楚了。

"是江浩啊？"她说，"你就说是江浩得了，怎么冒充收报费的呢？欺负我听不见看不清，你们这些孩子，没一个好东西！"

"我什么时候冒充收报费的？"江浩啼笑皆非，"我问晓霜是不是还在睡？"

"是呀！"老太太急忙点头，"是缺水呀！缺了好几天了，今天才来，你看，我把衣裳都集在一天洗！"

江浩把嘴巴凑在奶奶耳朵上，大吼了一句："我来找晓霜！"

奶奶被他吓了一大跳，一面避开身子，一面忙不迭地用手拍着耳朵，说："找晓霜就找晓霜，干吗这样吓唬人哩！你以为我听不见吗？吼得我耳朵都聋了。"

"好好，对不起！对不起！"江浩忍耐地说，"晓霜在什么地方？"

"晓霜呀？"奶奶惊愕地，"不是和你在一起吗？"

"和我在一起？"江浩怔了怔，"谁说的？我好几天都没见着她了。"

"不和你在一起，就是和别的男孩子在一起。"奶奶轻描淡写地说，满不在乎地，又去晾她的衣服。

江浩烦躁起来了。"奶奶！"他吼着，"晓霜几天没有回家了？"

"回家？"奶奶把衣服在绳子上拉开，用夹子夹着。"她就是不喜欢回家，一定又住到她台北的朋友家去了。"

"台北的朋友？什么朋友，男的还是女的？"

"什么烂的铝的？这夹子是新的，用塑胶做的，不会烂，也不会生锈。"

"奶奶！"他喊。

"啊？"老太太笑嘻嘻地。

"你是真听不见还是假听不见？"他怀疑地问，"你在和我装蒜，是不是？"

"你要算什么啊？"

"好了！"他生气地把小雪球往地上一放，转身就走。"我走了！晓霜回来，你告诉她，我找过她好几次，叫她别太神气！别太瞧不起人！叫她到我那儿去一趟！"

"喂喂！"老太太追在他后面喊，"你说些什么啊？你说得那么急，我听不清楚啊！慢慢来，慢慢来，年纪轻轻的，怎么火气那么大？谁欺侮你哩？气得脸红脖子粗的！你说，晓霜怎么哩？"

他站定了，望着那老太太，她满脸慈和，皱纹在额上和面颊上累累堆积，使他想起大树的"年轮"，每一条痕迹都是岁月，每一个皱纹都是沧桑。他怎能对个老眼昏花的老太太生气呢？只因为她听不清楚他的话？他笑了，对老太太温和地摇摇头。低下头去，他撕下了一页笔记纸，匆匆地写了几个字：

晓霜：

　　渴盼一见！

　　　　江浩

把纸条塞在老太太手里，他在她耳边大声说：

"交给晓霜！"

这次，老太太弄懂了，她笑逐颜开地点着头，细心地把纸条折叠起来，收进围裙的口袋中。对江浩说："你放心，她回来我就给她！"

"谢谢你！"江浩嚷着，抱着书本往学校冲去。今天准又要迟到，如果"当"掉了英国文学史，休想见"台北老哥"了！他撒开步子跑着，隐约中，却听到那老太太在他身后说了句："这么聪明的孩子，何必和晓霜混在一起。晓霜那丫头，谁知道她葫芦里卖的什么药？唉！"

他一怔，停下脚步，想回头去追问这句话的意思。但是，再一想，和这老太太要"谈清楚"一篇话，不知道要耗费多少时间跟精力，眼看上课时间已到，这问题，还是慢慢再想吧！他继续放开脚步，向学校冲去。

一整天，他在学校里都魂不守舍。不知怎的，老奶奶那两句话，总是萦绕在他脑海里，他甩不掉，也避不开。教授的讲解一个字也听不进去，他一直在想着晓霜，这个活泼伶俐、无拘无束的女孩！难道，她已经闯进了他的生命？难道，他已经无法摆脱开她了？不！他还不想认真，他还不想被捕捉。但，天哪！他却希望她是认真的，希望她已经被他捕捉！像吗？不。他在一种近乎凄苦的情怀里，体会出自己根本没有那个力量去捕捉一只善飞的云雀。

黄昏时，他回到自己的"蜗居"。才走进那条巷子，他就惊喜交集地发现，晓霜正呆呆地坐在他门口的台阶上。她用手托着下巴，穿着件粉红衬衫和粉红的牛仔裤，一身粉红使她看来清新可喜，干净而明丽，但她就这样席地坐着，完全不管地上的灰尘和杂草。她用双手支在膝上，托着她那尖尖的小下巴，睁着那对又圆又大的眼睛，望着他走过来，她那一头蓬松凌乱的短发，在阳光的照射下发亮。

"嗨！"他跑了过来，"你什么时候来的？"

"来了好半天了！"她摇着膝盖，满不在乎地说。

"为什么不先打个电话来？要坐在这儿等？"

"我高兴等。"她扬扬下巴。

他的心因这句话而被喜悦填满了，他觉得整个人都兴奋而欢愉，从口袋里掏出钥匙来开门，他说："我帮你配一副钥匙，以后你来的时候就方便了！"

"我不要！"她简单明了地说。

"为什么？"

"万一你正和一个女孩子在这儿亲热，给我撞进来，大家都不好看。"

"怎么可能有这种事？"他伸脚踹开了房门。

"我就碰到过这种事！"她耸耸肩，毫不在意地说。走进屋来，熟悉地往地板上一坐，嘬着嘴唇，她发出一声口哨，小雪球不知从什么地方钻了出来，一溜烟地从大门口滚了进来，直蹿到她怀里去。她把小雪球举起来，亲它的鼻子，亲它的耳朵，亲它毛茸茸的背脊。

他的心沉了沉。砰然一声关上门，他把书本摔在床上，从床底下拖出可乐箱子，开了一瓶可乐。

"你碰到过那种事？"他问，"是你被人撞见？还是你撞见别人？"

"两样都有。"

他转过头来，锐利地盯着她。"撒谎！"他说。

她注视他，微笑着摇摇头。"你很会自欺欺人。"她说，"难道你到今天还不明白，我是个品行相当恶劣的小太妹吗？"

他走近她，在她对面坐了下来。他仔细地审视她的脸，她立即低下头去，把面颊藏在小雪球的毛堆里。他伸出手去，强迫地托起她的下巴，注视着她的眼睛。"喂！"他说，"你今天怎么了？像是变了一个人！你瘦了，这些天你在干什么？"

"跳舞！"

"跳舞？"

"在阿龙家，阿龙的父母都出国度假了，他家里就是他称王。我们连跳了三天三夜的舞。呵，你绝不会相信我们疯成什么样子，我们不分昼夜地跳，累极了的人就躺在地毯上睡着了。醒了，就再跳！我们疯得员警都来抓我们了！噢，"她伸了个懒腰，"可把我累坏了。"

他望着她，她确有一副"累坏了"的样子。他心中隐隐作痛，在他那年轻的、火热的内心里，有块浮冰忽然不知从何处飘来，紧压在他的心脏上。

"你跳了三天三夜的舞？"他闷声问。

"唔"。

"三天以前呢？"

她盯着他。

"你是员警吗？你在拘捕不良少年吗？你在做笔录吗？我有什么理由要告诉你我的行踪？你又有什么权利盘问我？再说，我也不记得了！"

他心脏上的浮冰在扩大。

"很好，"他用鼻音说，"我没有权利问你，你也没有理由告诉我！算我多管闲事！"

她把小雪球放到地板上。歪过头去，她小心地打量他，她眼底流露出一股又担忧，又懊丧，又天真，又古怪的神情，一迭连声地说："糟糕！糟了！真的糟了！奶奶说对了！又闯祸了！又该搬家了！完蛋了！"

"你在说些什么鬼话？"他叫着，直问到她脸上去，"什么糟糕完蛋一大堆？奶奶跟你说了什么？你神经兮兮地叽咕些什么？"

她跪在地板上，和他坐着一样高，她用手扶着他的肩膀和他面对着面，眼睛对着眼睛，她古里古怪地望着他。她脸上有着真正的伤心和忧愁。

"你认真了！"她悲哀地说，"奶奶说对了！今天我一回家，奶奶就把我大骂了一顿，她说你认真了！"她皱起了眉头，又惶恐又懊丧地大喊，"你这个傻瓜！你怎么可以对我认真？怎么可以爱上我？我们说好只是玩玩的，不是吗？我们说好谁也不对谁认真，你怎么可以破坏约定？你怎么可以不守信用……你……"

"住口！"他大叫，脸涨红了。他一把握住了她的手腕，用力甩开她，把她直甩到墙角去。他乱七八糟地喊着，"谁说我认真了？谁说我爱上了你？你少做梦！你奶奶眼花耳聋，她懂个鬼！你放心，没有你，我死不了！你尽管跟别人去跳舞，去风流，去潇洒！我江浩生来就没有被女孩子捉住过！你……你……你也休想捉住我……"他忽然住了口，瞪着她。他的呼吸急促，他的脸色由红而转白了，他的胸腔在剧烈地起伏，他的鼻翼不平稳地翕动着。他凝视着她，深深地凝视着她。她那半带惊悸半含愁的眸子在他眼前放大……放大……放大……似乎整间屋子里就充满了这对眸子。他立即闭上了眼睛，用牙齿紧咬住嘴唇，用手蒙住了脸，他的手指插进了浓发之中。好半天，他这样坐着，一动也不动。直到小雪球好奇地走过来，用爪子拨了拨他的脚，又爬到他膝上去，用它那凉凉的小鼻头去嗅他的手臂。

他把手放下来了，直视着晓霜。她仍然缩在屋角，睁大了眼睛看着他。在她脸上，没有往日的飞扬浮躁，没有往日的神采奕奕，也没有往日的活泼刁钻……她忽然显得那么惶恐，那么无助，那么畏怯……她那惊慌失措的样子，几乎是可怜兮兮的。

"我输了！"他哑声说，"我投降了。晓霜，奶奶是对的，我瞒不过她，我也瞒不过你，我无法再自己骗自己，是的，晓霜，我……"

"不要说出来！"她尖叫。用双手紧紧地蒙住耳朵，"我不要听！我不要听！"

"你一定要听！"他陡然冒火了。扑过去，他把她的双手从耳朵上拉了下来，捉住了她的手，他盯着她的眼睛，语无伦次地、一口气喊了出来，"是的，我认真了！我爱上了你！我不许你在外面和人家三天三夜地跳舞！你使我快发疯了，快发狂了！我从没有对任何一个女孩子这样牵肠挂肚，你得意吧！你胜利了，你征服了我，你捉住了我！这些日子，我什么事都做不下去，什么书都念不下去，我只是想你，想你，想你，想你，想你……"他一连串讲了十几个"想你"，越讲越响，越讲越激动，越讲喉咙越沙哑……她蓦然张开了手臂，把他的头紧紧地抱进了怀中。

"江浩！"她哑声说，用手揉着他的头发，"你错了！你没有弄清楚我是怎样的女孩子……"

"我弄清楚了，你是世界上最可爱的女孩子！"他任性地、稚气地说，"我根本不管别人怎么看你！"

"我被三个学校开除过。"她说。

他沉默片刻："那些学校不好，它们无法欣赏你的优点。"

"我连高中都没毕业。"

"我不在乎。"

"我吃过迷幻药。"

他一惊，握紧她的手腕："那对你的身体不好，我帮你戒掉！"

"我在台中闯过一个大祸，被迫只得搬家。"

"是什么？"

"有个男孩对我认真了。我也是事先跟他约好，彼此不认真的，他认真了——"她沉吟片刻，"我以前告诉过你一个故事，说有个女同学为一个男生自杀，那是假的，事实上，是这个男孩子为我自杀了。"

他的心往地底沉下去："那男孩死了吗？"

"死了。"

他打了个冷战，半晌，才挣扎地说："那是他自己不好，自杀是懦弱的行为，你不会爱一个弱者。他用死亡来威胁你，那是他不对。"

她低低地呻吟了一声："他不是威胁我，他是伤心而死，你懂吗？"

"不懂。"

"他抓到我和另外两个男孩子在床上。"

"什么？"

"我和另外两个男孩子，你知道我还住过少年感化院吗？我住了两年！"

他咬咬牙，从齿缝里吸气。完全不相信她所说的了。"或者，"他说，"你还生过私生子？贩过毒？杀过人？放过火？"

她跳起来，绝望地看着他："你不相信我说的，是不是？你不相信我是个坏女孩？你不相信我是个魔鬼！你不相信我会让你毁灭？你不相信我会带给你不幸？"

"你为什么那样怕你自己？你为什么那样怕爱与被爱？你为什么一定要自认是魔鬼？"他反问，咄咄逼人地。"好吧！就算你是魔鬼，我已经爱上你这个魔鬼了。你再告诉我几千件几万件你的魔鬼行为，都没有用了，魔鬼？"他沉思着，"你是魔鬼天使，我哥哥说的。"

"你哥哥？"她一怔，"他怎么知道我是魔鬼还是天使？我又不认识你哥哥！"

"你马上要认识了！"

"为什么？"

"我要带你去见他！"他捉住了她的手臂，诚挚地望着她的眼睛，"晓霜，请你不要逃开我！"

"傻瓜！"她粗声大叫，"请你逃开我！你懂吗？我不要带给你不幸！我不要伤害你！我不要让你痛苦！我不要谋杀你！如果你聪明一点，躲开我！你懂吗？躲得远远的！在我的魔鬼爪子露出来以前，你逃吧！”

"你吓不走我！”他抓住她的手，抚摸她那纤长白皙的手指，“你有双最美丽的小手，这双手不属于魔鬼，我看不到魔鬼爪子。世上只有一个女人是魔鬼，那女人害得我大哥沉沦苦海，多少年不得翻身，你——你的道行还不够深！”

她微蹙着眉，困惑地望着他。她的好奇心被引出来了，她忘记了自己是不是魔鬼的这回事。她沉吟地说：“你常常提起你大哥，他到底有个什么故事？”

"你要听？”他问。

"是的。”她的眼睛闪亮了，充满了急迫的好奇。

"我可以讲给你听，但是有个条件。”

"什么条件？”

"你再也不许逃开我！再也不许不告而别！再也不许经常失踪！再也不许几天不露面！再也不许和别人跳三天三夜的舞……”

她跳起身子，抱着小雪球，往门口就走。

"免了！”她说，“把你的宝贝故事藏起来吧，我不听了！”她又开始原形毕露，把嘴唇凑在小雪球的耳边低低叽咕，“雪球雪球咱们走啦，让这个神经病去稀奇巴拉，猴子搬家……”

他一下子拦在她的面前，她那恢复了的活泼及天真使他心跳，使他兴奋，使他安慰，使他的人心像鼓满风的帆，被喜悦填满了。“我请你去吃海鲜！”他说。他动不动就要请人吃“海鲜”。

　　她看了他几秒钟，忽然眼睛发亮。"嗨！"她兴奋地说，"我们去找一艘渔船，带我们出海！我们买点东西到船上去吃，一面看渔夫捕鱼，一面吃东西；一面讲故事，一面欣赏月光下的大海！"

　　他立刻被她勾出的这幅图画给吸引住了，而且，他感染了她的兴奋和疯狂。"只怕渔船不肯……"

　　"我认得一个渔民，他一定肯！快走！他们傍晚出海，早上回来，再晚去就来不及了！"她握住了他的手，高兴地大叫着，"走呀！"

　　他望着她，她就是这样，一忽儿是阳光，一忽儿是狂风，一忽儿是暴雨！她多么疯狂，多么古怪。而他，却多么心折于这份疯狂与古怪呵！连她那些"似假似真"的"劣行"都无法在他心中驻足。甩甩头，甩掉所有的阴影，拉着她，他们就往海边跑去。

第十一章

　　渔船在海面滑行，一艘又一艘，不规则地、放射性地驶往了大海。一盏盏的小灯，点缀着海，点缀着夜，像无数的萤火虫，在闪烁着。马达的声音，单调地"波波波波"地响着，击碎了那寂静的夜，也填补了那寂静的夜。

　　江浩和晓霜坐在船头上，浴在那海风之中和星空之下。他们身边放了大批的食品，有卤蛋、鸡脚、豆腐干、面包、牛奶、三明治、椰子饼干、汽水……简直是一大箱。但是，晓霜什么都不吃，只在那儿猛啃鸡脚。啃完一只再啃一只，她啃得那么细心，脚爪上的一丝丝筋脉都会咬碎来吃。她的吃相并不雅观，每当手上油汁淋漓的时候，她就猛舔手指头，像小雪球一样。雪球伏在她的脚下，乖乖地，静静地吃着她丢给它的骨头。

　　江浩望着晓霜，她那津津有味的吃相使他又惊又喜，他总在一种崭新的喜悦里去发现她更多的东西。例如，她能接洽到这条船，那老渔夫几乎是毫不犹豫就接受了他们。他想，那渔夫是很熟悉晓霜的。他也想，晓霜绝不是第一次随渔船出海。那么，以前伴着她出海的那些男孩子是谁？这想法刺痛他，而在这隐隐的刺痛里，她晚上说的那些荒唐的言语就在他脑中回响：有个男孩为她自杀了，她和两个人在床上，她吃迷幻药，她被三个学校开除，她住了两年感化院……他凝视她，她那白皙的小脸在月光下显得又单纯，又洁净，又明朗，又稚气，她那闪烁着的眼睛像穹苍里的两颗寒星，明亮，深远而皎洁。不！她所说的一切，百分之九十九点九在撒谎。为什么？她在试探他？还是要吓走他？她怕爱情？她在逃避爱情？她被伤害过？还是伤害过别人？

她转头看了他一眼。

"你为什么一直盯着我看？"她问，"我要你出来看海，并不是看我！"

"你比海好看。"他说。

她瞟了他一眼，伸手拍拍身边的甲板，柔声说："你坐过来一点！"

他受宠若惊。绕过了绳圈、渔网、钩绊……和一些不知名的物品，他坐到她身边去。那块位置很小，他和她挤得紧紧的，他嗅得到她的发香和她身体上、衣服上所蒸发出的一种属于女性的、甜甜的、清清的、如蜜如糖的香味。这香味把船上的鱼腥味和汽油味全压下去了。他竟心猿意马、神思恍惚起来。

"看那天空！看那海洋！"她说，她的声音里忽然充满了某种庄严，某种热情。她的脸发光，眼睛明亮，像个宗教狂面对她所崇拜的神祇。"你看到那天空了吗？它黑得那样透彻，黑得看不见底，黑得像块大大的黑色天幕。可是，星星把它穿了孔，那些星星，它们闪呀闪的，似乎会说话，似乎要在这黑暗的神秘里去找寻一些东西。我常常坐在这儿，面对这些星星，只是问：你们在找寻什么？你们在找寻什么？就像我常问自己：晓霜，你在找寻什么？"

她的语气，她的神情，使他惊奇而感动，他伸出手去，不自禁地握住了她的手腕，她那细小的胳膊是瘦瘦的，软软的，凉凉的。他脱下自己的外衣，披在她的肩上。她不动，她的眼光像着魔似的看着那海水。她的短发在海风中飞舞，飘拂在额前和面颊上。

他顺着她的眼光往海面望去，海水辽阔而无边，几乎是静止的。在这样的暗夜里，你看不出浪潮也看不出波动。月光均匀地洒在海面上，呈现出无数像十字形的光纹。那海，竟像一大片磨亮了的金属品，光滑，细致。但是，哪儿有如此柔软的金属品，它柔软得像丝绒，在海风中细细柔柔地，难以觉察地起着皱纹。

她回头看他，发丝拂过了他的面颊。

"好美，是不是？"她问，把最后的一根鸡骨头丢给雪球，她用化妆纸擦干净了手指，擦干净了嘴唇，用双手抱着膝，低语着说，"有时候我想到海水里去捞星星，有时候我觉得海面的那些闪光，是星星摔碎了，跌进了海洋里。海洋是相容并收的，它吞噬一切，不管美的、好的，或是丑的、坏的……它吞噬一切。但是，在表面上，它永远美丽！噢，江浩，你不觉得海美得好可怕吗？当它发怒的时候，它挤碎船只，卷噬生命，撕裂帆桅……而平静的时候，它就像什么都没发生过。它就这样躺在那儿，温柔，优雅，带着诱人的魅力。哦，它是千变万化的，它是神秘的，它是令人着迷的！江浩！"她把下巴搁在膝头上，一瞬也不瞬地看着海洋："我崇拜它！我崇拜海洋，崇拜它的美，也崇拜它的残酷。"

他若有所悟地凝视她。"我懂了。"他说。

"懂什么了？"

"你就像个海洋，时而平静无波，时而怒潮汹涌；时而美丽温柔，时而又残酷任性。"

她的眼光闪了闪，像跌进海洋里的星星。"我残酷吗？"她问。

"相当残酷。"

"举例说明！"

"今晚，你说了许多许多事，你自己相信那些事吗？"他紧盯着她。

"那是真的！你不肯面对真实。"

"是我不肯面对真实，还是你不肯面对真实？"

"我的世界里没有真实，"她悲哀地说，"我活在一个虚伪的世界里！"

"哈！瞧！"他胜利地说，"你一直在自我矛盾，你一直在逃避什么。你忽悲忽喜，你变化莫测……"

"我是个神经病！"她接话道。

他伸手去拂弄她耳边的短发，用手指滑过她的面颊。

"你是个神经病，"他说，"一个又可爱又美丽的小神经病，一个小疯子！晓霜，"他深吸了一口气，冲口而出："老天作证，我快为你这个小疯子而发疯了！"

她迅速地转过头去望着大海，她的身子难以觉察地战栗了一下。忽然，她就转换了话题：

"你说，你要告诉我你哥哥的故事。"

"别煞风景，"他热情地说，"我现在不想谈我哥哥，那是个很残忍的故事！"

"你要谈，因为我想听，我对残忍的故事最有兴趣。"她垂着睫毛，望着船舷下的海水，那海水被船卷起一团白色的泡沫。她的手指碰到了一圈绳索，她把那潮湿的粗绳子拿起来卷弄着。

"说吧！"

"你一定要听？"

"并不一定，"她耸耸肩，"你哥哥的世界距离我很遥远。你真不想讲，就不要讲！或者，你还没有把这故事编完全，等你编好了再讲也一样。"

"你以为我和你一样，会捏造故事？"他有些恼怒，"我告诉你，我哥哥是个痴情种子，你信不信？"

"不信。"她简单地说，"世界上从没有痴情的男人！至于什么'痴情种子'这类的字眼，是小说里用的，真实的人生里，爱情往往是个残酷的游戏！"

"你最起码承认爱情游戏是残酷的吧？"

"这个我承认，因为我正在玩这个游戏，还害死过一个男孩子！"

他打了个冷战。

"真有那个男孩子吗？"他问。

"不说！不说！"她及时地喊，"我要听你的故事，并不想说我的故事！"

他握紧她的手。"等我说完这故事，你肯不肯认真地、真实地把你的故事说给我听？"

她迟疑了一会儿，"好。"她干脆地说。

"不撒谎？"

"不撒谎。"

她的允诺使他的心怦然一跳，使他振奋，也使他欢愉了。因为，这简单的"不撒谎"三个字里，最起码已经承认了一件事，那就是，她的故事是"撒谎"的。她显然没有发现自己泄露了的秘密，她正沉浸在她那份强烈的好奇里。看到江浩面有喜色，她惊奇地问："你那个'残酷'的故事很'有趣'吗？"

"不不！"他慌忙收拾起自己的喜色，整理着自己的思想。真要去叙述江淮的故事，却使他悲哀了，他的脸色沉重，眼光黯淡："那是个很悲惨的故事。"

"哦？"她坐正了身子，双手抱着膝，严肃地看着他，一脸的正经和关怀，"说吧！"

"我不知道该从何说起。"他坐到她对面去，靠在救生圈上，船身在起伏波动，他忽然觉得头有些晕，而喉中干燥。

开了一瓶可乐，他一面喝着，一面抬头看了看遥远的海面，在那黝黑而广阔的海面上，疏疏落落地散布着别的渔船，渔火把海洋点缀得像个幻境，不知怎的，这渔火，这海洋，这天空，这夜色……都带着抹怆恻的气氛，而他，很快就被这气氛包围了。"我和我大哥相差了十岁……"他开始述说，"换言之，当我大哥读大学一年级的时候，我才读小学三年级。所以，有关哥哥的这个故事，我并没有目睹，更没有参与。我所知道的，都是我两个姐姐和我父母谈起的时候，听到的一些零碎资料。尽管零碎，也可以让你知道，世界上有怎样无情的女人和怎样痴情的男人！"

她似乎震动了一下，用手拂了拂自己被海风吹得凌乱的头发，她低语着说："唔，开场白不坏，言归正传吧！"

"故事开始在我大哥读大学四年级的时候。那时，我们全家都住在台南，只有大哥一个人在台北读大学。最初，是他写信告诉我父母，他爱上了一个女孩子，一个在某大学读中文系的女孩子。他信里充满了那女孩的名字，说他爱那女孩如疯如狂。我父母认为这是正常现象，也认为大哥还小，爱情并不稳定，所以，大家常把这桩爱情当笑话来谈，抱着'走着瞧'的态度，谁对它都没有很在意。父母对哥哥唯一的要求只是要先立业再谈婚姻，因为我们家庭环境很苦，哥哥读大学的学费都是靠自己半工半读赚来的。"

晓霜把下巴放在膝盖上，扬着睫毛，定定地望着他，仔细地倾听着。

"大哥那时一定很忙，他要工作，要读书，还要恋爱。他写回家的信越来越少，全家也都不在意。后来，大哥毕业了，受完军训，他又到台北来工作。弄了一个小型的出版社，面对无数大出版公司，据说他工作得非常非常辛苦，苦得没有人能想象。他拉稿，他校对，他到工厂去排字，他发行；从印刷厂的小工到送货员，从编辑到校对，全是他一个人在做。你别看他现在拥有办公大楼，洋房汽车，数以百计的员工，当初，他确实是赤手空拳打下这个天下的。"

她闪动了一下睫毛，说："不要丢掉主题，那个女孩子呢？"

"你听我说呀。"他喝了一口可乐，把瓶子递给她，她就着瓶口，也喝了一大口，然后把瓶子放在脚边，"我们家是很穷的，好不容易巴望着大哥做了事，全家都期望大哥能汇点钱来养家。那时，大姐、二姐和我，三个人都还在读书，父亲赚的钱实在不够用。可是，大哥没有寄钱回家，他来信说，他虽然工作得像头牛，仍然入不敷出……"

"情有可原！"她插了句嘴。

他深深地看了她一眼。

"是的，我们也认为这是情有可原的，创业本就是件艰苦的工作。直到大姐高中毕业，到了台北，才拆穿了整个的谜底。"

她蠕动了一下身子，眼光灼灼然，光亮如星。

"我前面说过，哥哥说他爱上了一个女孩子，大学生，中文系。是的，哥哥确实爱上了一个女孩，但是，既非大学生，更去他的中文系！他爱上一个蒙大的……"

"蒙大？"她不懂地皱起眉。

"蒙的卡罗大舞厅！这是术语，你不懂吗？国大就是国际大舞厅！黎大就是夜巴黎大舞厅！总之，哥哥是在恋爱，发疯一样地恋爱，发狂一样地恋爱，发痴一样地恋爱，对象却是个舞女！不，别说话！你以为我轻视舞女吗？我并不轻视舞女，洁身自爱的舞女，也大有人在。但是，听说，我哥哥爱上的这个舞女，却是个人尽可夫的拜金主义者，是个不折不扣的荡妇！"

晓霜的脚动了一下，碰翻了放在甲板上的汽水瓶，"哐当"一声，瓶子碎了，可乐流了一地。小雪球慌忙跳起来，莫名其妙地抖动着它被濡湿了的毛。晓霜俯下身子，把汽水瓶的碎片小心地拾起来，丢进大海中。江浩也弯着腰帮忙，这一场混乱打断了那个故事。好一刻，晓霜才坐回她的原位，抬头望着他，她的眼珠黝黑。月光下，她的脸色显得有些苍白。

"你用'听说'两个字，"她说，"证明你对这故事的可靠性并不肯定，所有听说的故事都是假的，都经过了添油加醋，甚至造谣生事。"

"我大姐不会造谣，她是个最老实的女人。何况，我二姐后来也到了台北，证实了这件事。这在我家是个惊天动地的大事情。只有我爸最冷静，他说大哥总有清醒的一天，对付这种事，只能见怪不怪，听其自然。"

"好吧，"晓霜甩了甩头，把额前的短发甩到脑后去，"你继续说吧！他爱上了一个——荡妇，然后呢？"

"你看过毛姆的《人生的枷锁》吗？"他忽然问。

“我知道那个故事。”

“同样一个故事，在我哥哥身上重演。据说，我哥哥白天发狂一样地工作，工作得几乎病倒，晚上，他就坐在那舞厅里，呆呆地看着那舞女转台子，跳舞，和别的男人勾肩搭背，甚至跟别的男人出去吃宵夜。我哥哥每晚每晚坐在那儿，像个傻瓜，像个疯子，像个痴人……从舞厅开门一直坐到舞厅打烊。日复一日，月复一月，年复一年，终于赢得了‘火坑孝子’的雅号。所有的舞女都把他当笑话看，当笑话谈，当故事讲。我不知道我哥哥到底怎么挨过那些难堪的日子！但是，他忍受着，他什么都忍受着，把他辛辛苦苦赚的每一分钱，都‘孝敬’给这个舞女。”

她深吸了口气，眼睛更深更黑更亮。“然后呢？”

“据说，这舞女是相当漂亮的，能把男人玩弄于股掌之间的女人一定都很漂亮。大姐说，这舞女在当舞女以前，确实对大哥动过真情。以后呢？你知道，贫穷的大学生养不起奢华而虚荣的女人！那舞女进入舞厅后，就整个变了，她看不起大哥，她嘲笑他，当众侮辱他，叫他滚！说他是癞蛤蟆想吃天鹅肉……她用尽各种方法凌辱他。而我那可怜的大哥，却固执地守在舞厅的角落里，忍受各种折磨，忍受各种冷言冷语，忍受各种轻视，也忍受她和别的男人亲热。我曾听到我大姐痛心地告诉我母亲，说我大哥已经‘失魂落魄’，她说，什么叫失魂落魄，她到那时才能体会！”

他停了停，夜很静，船停了。渔夫们正忙着撒网入水，那些大网在空中形成一个优美的弧度，就悄无声息地没入海水里。远处的天边，星星仍然在璀璨着，天幕仍然黑而苍茫。其他的船只散布在海面上，点点的渔火也像点点的星光。天上有星星，海面也有星星，彼此都闪烁着，像在互相呼应，也像在互相炫耀。

"你的故事很难成立，"终于，晓霜说，她的声音冷静而深邃。"你哥哥为什么要爱这样一个女人？照你这种说法，这女人几乎一无可取！"

"她是漂亮的！"

"你哥哥并不会肤浅到只喜欢漂亮女人吧？"她咄咄逼人地说，"再说，世界上漂亮的女人多得很。我想，比这个舞女漂亮的女人一定有，你哥哥总不是色情狂，只要漂亮就喜欢？"

"你完全错了，大哥这一生，大约只爱过这一次，最近，他又恋爱了，我认为这次是不完全的，只能算半次！"

"什么意思？"

"你听我说吧！我哥哥和那个舞女，前后纠缠达五年之久。据说，那舞女并不是完全不理我大哥，每次我大哥下决心要脱离她的时候，她又会主动地来找我大哥。有时，她会醉醺醺地对我大哥念诗念词……听说，她有非常好的国学根基，于是，我大哥就又昏了头……"

"你前后矛盾！"晓霜很快地说。

"怎么？"

"你一直说，是你大哥单方面在追那舞女，而那舞女凌辱他，欺侮他。现在，你又说你大哥不要理那舞女，而那舞女却勾引他，主动找他。到底他们两个，是谁在纠缠谁？谁在追谁？"

江浩被问住了。他注视着那一望无际的海洋，那天与海交接处的一片苍茫，呆呆地愣在那儿，用手托着下巴，他沉思良久。然后，他比较公正地、经过思想地说："我想，他们是彼此在纠缠彼此。人生常常是这样，会把自己陷进一种欲罢不能的境况里。那女人只要不是木头，她不可能不被大哥感动。我猜，在感情上，她可能偏向大哥，在虚荣上，她却拒绝大哥。穷小子永远填不满一颗虚荣的心。"

"后来呢？"晓霜问，"那舞女一定被什么大亨之类的人物金屋藏娇了？"

"你错了，那舞女死了。两年前，她死了！这是最好的结局，像我父亲说的，多行不义必自毙。死亡结束了这整个的故事，我大哥不必再去舞厅苦候，他把全部精力放在事业上，才会有今天的成就。"

"那舞女怎么死的？她很年轻，是不是？"

"听说，她喝醉了酒，半夜在路上逛，被车撞死的！"

她激灵灵地打了个冷战。

他惊觉地抬头看她，帮她把衣服拉好。海风很大，夜凉如水，他把她的手合在手中，她的手在微微颤抖。他不安地问："怎么？你冷了？我们到舱里去。"

"不要，"她很快地说，"我很好，我喜欢这海风，也喜欢这天空，我不要到舱里去。"她盯着他："你还没有说完故事。"

“说完了。”他叹口气，“就是这样，我大哥欠了那舞女一笔债，等她死了，债也还完了。”

“那么，你为什么说你大哥又开始恋爱了？而且只是半次恋爱？什么叫半次恋爱？”

他微微一凛。不安爬上了他的眉端，爬上了他的眼角，爬上了他整个面庞。

“希望不是那个舞女的魂又来了！”他懊丧地说，“你相信吗？在那个舞女死去两年以后，忽然有个女孩从海外飞来，自称是这个舞女的妹妹！我那被魔鬼附身的哥哥几乎在见她第一面时就又爱上了她！姐姐去了，妹妹来了！我哥哥欠她们陶家的债，似乎永远还不清……”

“这个妹妹爱你哥哥吗？”

“我怎么知道？大哥不许我见她，生怕我说话不小心，会伤害到她的姐姐。我想，我那个半疯狂的大哥，说不定会告诉那个妹妹，说她姐姐是个圣女！我大哥就做得出来，他能委曲求全到你想象不到的地步。他又恋爱了，你信任这种爱情吗？他爱的是现在这个女人，还是那个‘舞女的妹妹’？所以，我说这只能算半次恋爱。我想，他不过是爱上了陶碧槐的影子。”

“陶——碧槐。”她喃喃地念。

“这是那舞女的名字，那个妹妹叫陶丹枫。”

她低下头去，忽然变得好安静，她在沉思，沉思了很久很久，然后，她抬起眼睛来，静静地看他。她眼里有种奇异的、高深莫测的光芒。月光闪耀在她脸上，也闪耀在她眼睛里。海浪拍击着船身，发出有节拍、有韵律的音响。这样的夜色里，这样的海洋上，人很容易变得脆弱，变得善感，变得自觉渺小，因为神秘的大自然天生有那么一种难解的忧郁，会不知不觉地把人给抓住。她眼底就浮起了那抹难解的忧郁，海洋把它奇特的美丽与神秘全传染给她，她对他注视良久，才低低地说："江浩，你为什么恨那姐妹两个？"

"我恨吗？"他惶惑地问。

"你恨的，你认为姐姐是魔鬼，妹妹是幽灵。同一个故事常会有不同的几面，假若那个姐姐不死，说不定她会告诉那个妹妹说，你哥哥是妖怪。"

"为什么？"

"不为什么，"她望着海洋，"我只是这样猜想。"

她不再说话，看着海，她的眼光迷迷蒙蒙，恍恍惚惚的。她的神思似乎飘浮进了一个不为人知的世界里。她把头半靠在船只上，慢慢地闭上了眼睛。他对她看去，她好像快睡着了。他坐到她身边去，伸手挽住了她，她的头一侧，就倒在他的肩上了。他挽着她的腰，怜惜地说："如果你想睡，就睡一睡吧！"

她发出一声呻吟似的低语："你今晚像个大人。"

他微笑了。

"这正是我想讲的话。你今晚才像个大人。"

"或者，"她含糊不清地、神思恍惚地说，"我们都在一夜之间，变成大人了。成长，往往就在不知不觉中来临。是不是？"她把头更深地倚在他肩窝里，不知所以地叹了口气。

"江浩，"她幽幽地说，"当了大人以后，你就要拿得起，放得下，禁得起挫折了。"

"我什么时候拿不起，放不下？禁不起挫折过？"他失笑地问。但是，她没有回答，她的呼吸均匀，软软地、热热地吹在他的颈项里。她大约睡着了。他用衣服把她盖好，把她的头挪到自己的膝上，这样一折腾，她又醒了。她惺忪地睁开眼睛，问："你说什么？"

他揽住她的头，心中一动。立即，他轻声地、把握机会地问："你今晚告诉我的那些话，是真的还是假的？"

"什么话？"她的眼睛又闭上了。

"有个男孩为你自杀了。"

"当然是假的。"她夸张地打了个哈欠，仿佛睡意深重，深得无心撒谎，也无心去捏造故事了，"没有人为我做那种傻事，真奇怪。"

"吃迷幻药呢？"

"假的。"

"被三个学校开除？"

"假的。"

"和两个男孩睡觉？"

"假的！"

"进感化院？"

她笑了，用手紧紧地环住他的腰，把面颊埋在他怀中。

"我到感化院去干什么？我虽然很坏很坏，与感化院还是绝缘的。江浩——"她拉长了声音。

“什么？”他柔声问，心里在唱着歌，一支十万人的大合唱，唱得惊天动地，唱得他心跳气促，唱得海天变色。唱得那星星在笑，月亮在笑，海浪在笑，渔火在笑。他自己，也忍不住在笑……

“江浩，”她呢哝地、喃喃地说，“我编那些故事给你听，为的是要吓走你。现在，我改变了主意，我不要你怀疑你自己的眼光，但是，请你——不要恨我。”

“恨你吗？因为你撒那些小谎吗？”他温柔而惊讶地说，“不，我不恨你——”他忽然觉得怀里湿湿的，他一惊，伸手摸她的脸，她满脸都是泪水。他吓了一跳，心中的合唱大队全吓跑了。“晓霜，你怎么？你哭了？为什么？我不恨你！我发誓！”他急切地喊，“真的，我发誓！”

“好，你发过誓了！”她说，把面颊躲在他怀中，闭上了眼睛，“我没哭，是露水。夜晚的海面都是露水。”她的声音好柔美好柔美。“我想睡了，别吵醒我！”

他用外套把她裹得紧紧的，抬头望着天空的星辰和明月，他胸中那十万人的合唱队又回来了，又开始高歌，开始奏乐了。远远的海面上，日出前的第一抹微曦，正像闪电般突然从海里冒出来，迅速地就扩散在整个天空里。

第
十
二
章

　　"丹枫，"亚萍坐在咖啡馆那舒适的靠椅中，用小匙不住地搅着咖啡。她微皱着眉，满脸的不安和烦恼，用急促的语气说，"你不要再追问了，好不好？你瞧，你回来都半年多了，这半年多难道你始终在追查这件事吗？"

　　"是的。"丹枫斜靠在椅子中，隔着玻璃窗，望着窗外那初夏的阳光。玻璃窗上，垂吊着一排珠帘，她用手指下意识地摸索着这些珠子。"我告诉你，亚萍姐，我始终没有放弃去找这个谜底，可是，我现在已经走到一个迷魂阵里了，我没办法把所有的事拼拢来，像一块分散了的七巧板，我无法把它们拼完整。亚萍姐，你一定要帮我解决几个环扣。"

　　"我说过，我早已把知道的都告诉你了。"

　　"不，你并没有都告诉我！"

　　"或者，我知道的也并不完全，"亚萍逃避地说，"我后来和碧槐也没来往了，许多资料都是听来的，是同学间传说的。

157

你知道女人们在一起就是胡说八道，其中很可能都是揣测的故事。"

"这倒可能。"丹枫深思地说。

"你为什么不放弃？"亚萍紧追着问，"人都死了两年半了，你一直去追究谜底干什么？对你又有什么好处？"

"因为——"丹枫坐正了身子，正视着亚萍，她眼中流露出一种无奈的、真挚的、近乎求助的迷茫，"因为这件事对我越来越重要。"

"为什么？"

"我——我——"她吞吞吐吐地说，终于坦白地凝视着亚萍，"我爱上了那个男人！"

"谁？"亚萍惊跳了一下，面色陡然发白了。

"你已经猜到了！"她直视着她，清楚地说了出来，"江淮，那个大出版家，那个几乎做了我姐夫的人！"

亚萍像是忽然中了魔，她张大了眼睛，张大了嘴，愣愣地看着她，好半天都不说话。然后，她把小匙丢在盘子里，把咖啡杯推得远远的。她猛然间发作了，带着那女性善良的本性和正直的本能，她叫了起来："你昏了头了！丹枫，全台湾的男人数都数不清，任何一个你都可以爱，你为什么要去爱他？你的理智呢？你的头脑呢？你的思想呢？你怎可以去爱一个凶手？"

"凶手？"丹枫哑声叫，"你终于说出这两个字来了！凶手？那么，他真的是个凶手了！"

亚萍惊觉地住了嘴，她瞪大眼睛，被自己所用的字吓住了，丹枫也瞪大了眼睛，近乎恐惧地看着她。于是，好半天，她们两人就这样对视着。最后，亚萍先恢复了神志，她慢悠悠地抽了口气，颓丧地说：

"算了，算了！别谈了。我不应该用这两个字，这样说其实是不公平的，你姐姐是死于自杀，又非谋杀。我只觉得他虽不杀伯仁，伯仁却因他而死，他难逃其咎，如此而已。反正，时过境迁，或者这江淮真有可取之处，才令你们姐妹都为他倾倒。我不说了，我不要再中伤他！"

"亚萍，你要说，或者你还来得及救我！"

"救你？"

"是的，如果这男人真是可怕的，告诉我，让我能防他，让我逃开他！亚萍，你相信鬼魂吗？"

"怎么？"

"前不久，我梦到碧槐了。我知道那是个梦，但她栩栩如生地站在那儿，她叫我走，叫我回英国去，叫我逃开江淮！她一再叮嘱，一再重复……醒来时，我还觉得她站在那儿。我知道日有所思，夜有所梦。亚萍姐，你想，会不会冥冥中，真的有神有灵魂？会不会姐姐真的托梦叫我走？哦！"她沮丧地用手支住额，"我真的想走，只要我知道整个的谜底，我马上回英国去！"

亚萍怔怔地坐在那儿，怔怔地望着她。"我相信鬼魂的。"她被感动了，严肃地盯着她，"走吧！丹枫，听碧槐的话，回英国去！"

"那么，告诉我，"她脸色苍白，眼珠又黑又大，"你说江淮移情别恋，姐姐因此自杀。江淮爱的那个女人是谁？现在在哪里？"

"你真要知道？"

"真要知道。"

"听说，是个风尘女子。"

"哦？"她的眼睛睁得更大了，"什么风尘女子？叫什么名字？"

"好像是个舞女，我听安华说，那舞女有个很洋化的名字，叫做……"

"安华？"她打断了她。

"安华是我们同班同学，已经出国了。"亚萍望着她，"你是不是需要我们的同学录，去一个个追查呢？"

"不。亚萍姐，你不要生气。"她急急地说，"好吧，你刚刚说到，那舞女有个很洋化的名字……"

"是的，叫什么海伦？维姬？安娜？曼娜？不不，都不对，那名字虽然洋化，还蛮有味道的……对了，我想起来了，叫曼侬！你知道有部法国小说叫《曼侬·雷斯戈》？"

"我知道。"丹枫深深地颦着眉，眼光幽幽然地闪着抹奇异的光。"曼侬是个风流浪漫的女子，她美丽热情，充满浪漫情调，为金钱她可以不忠于爱情。但是，有个青年人，一个骑士，却为她毁掉家庭，毁掉名誉，毁掉一切去追随她。那是曾经轰动一时的、浪漫派的作品！"

"你对西洋文学比我还清楚，我只模糊记得有这么个书名，所以记住了那个舞女的名字。"亚萍说，"我想，江淮大概就是那个骑士，反正他迷上了曼侬，有人说，他成天流连于舞厅中，只为了追随曼侬。"

"我姐姐就因为曼侬自杀了？"丹枫问。

亚萍默然不语，她望着咖啡杯，欲言又止。

"你想说什么？"丹枫敏感地追问。

"你有没有收到碧槐的死亡证明书？"亚萍忽然问，"那上面应该有医生的签名，死亡原因也该写得很清楚！"

"江淮把它寄给了我母亲，"丹枫回忆着，"我看过那张纸，写的是'心脏衰竭'，或类似的名称。"

"是的，我们的医生都很有人情味，这样写不至于伤家属的心，何况，我猜想，江淮一定求过医生帮忙隐瞒这件事。"

"那个曼侬呢？"丹枫追问，"她还在台湾吗？还在舞厅里吗？"

"不。听说她嫁到新加坡去了。有个大富翁把她收作第五房姨太太。这是报应，江淮终于左右落空！丹枫，"她盯着她，"碧槐是对的，逃开她！逃开江淮！回英国去吧！在英国，你不难找到比江淮好一百倍的男人！你千万别糊涂，那江淮，对女孩子是很有一套的。听说，那曼侬对江淮也很倾心过呢！"

"当江淮在追曼侬的时候，我姐姐做什么去了？"丹枫紧追着问，"她为什么不把江淮看得死死的？"

"如果爱情需要用'看守'的方式，那也没什么意思了。"亚萍感慨地说，"别怪碧槐，我想，她已经尽了她的能力，她甚至于……"她忽然住了口，惊觉地张大了眼睛。

"甚至于什么?"丹枫追问,锐利地看着亚萍,"你还有什么瞒着我的事?"

"没有没有!"亚萍慌慌张张地说,抓起自己的皮包,想起身离去,"我该走了,天不早了。"

"坐下!"丹枫用手按住了她,"你不说清楚,休想走!亚萍姐,你知道我的固执,你还有瞒着我的事,你非告诉我不可!这对我太重要,你懂吗?这关系到我的去留,你懂吗?这关系我的一生,你懂吗?这关系好几个人的命运,你懂吗?"

亚萍一瞬也不瞬地注视着她,终于了解了她那种焦灼、急迫和无奈,也终于了解了事情的重要性。

"丹枫,"她沉吟地、困难地、艰涩地说,"我把这最后一件事也告诉你,或者,这并不是什么严重的事情,我希望告诉你不是个错误,这件事我从没告诉过别人。"

"你说吧!快说吧!"

"在碧槐死前两个月,我接到她一个电话,那时,我们的交情只在于偶尔通个电话。我想,那晚她有点反常,她可能刚和江淮吵过架,也可能喝醉了酒,因为她的声音里有哭音,话也说得很不清楚。她在电话里问我……问我当母亲的滋味如何?那时我刚生了老大,还请同学们喝过满月酒,你姐姐并没有来参加宴会。我告诉她,一个女人当了母亲,才是个完整的女人。于是,她哭了,她在电话里哭得很伤心,我问她怎么了?她说:'我也要做妈妈了,但我必须拿掉这个孩子,因为他的父亲不要他!'我吓了一跳,还想劝她,她就把电话挂断了。"

丹枫凝视着亚萍，这番话使她那么震动，震动得张大了嘴，震动得无话可说了。好半晌，亚萍拍了拍她的手。

"当一个女人决心要为一个男人生孩子的时候，她已经什么都不顾了。而一个男人，假若连自己的孩子都不要，他也就连人性都没有了。"

丹枫深深地抽了一口冷气。"那么，姐姐有没有拿掉那个孩子？"

"这就是我刚刚问你死亡证明书上怎么写的原因。"亚萍坦白地望着她，"因为，也有传言说，你姐姐并非死于自杀，而是由堕胎导致死亡！"

丹枫呻吟了一声，低下头去，把面颊整个埋进了手心里。亚萍看了她好一会儿，慢慢地站起身子，拿起自己的皮包，走到丹枫的身边，用手轻抚着她的肩膀，柔声地说："走吧！丹枫！那男人是邪恶的，是个魔鬼！如果你真梦到碧槐，一定是碧槐死不瞑目，她要警告你这一切！听碧槐的，走吧！回英国去！回伦敦去！你走的时候通知我，我会到机场去送你！"

丹枫坐着不动，也没抬起头来，于是，亚萍给了她紧紧的一握，转身走了。

丹枫仍然坐在那儿，坐了好久好久，坐到天都黑了，坐到咖啡馆的灯都亮了。坐到夜色深了，坐到客人由少而多，又由多而少了。她燃起了一支烟，叫了一杯酒，就这样以烟配酒，慢腾腾地喷着烟雾，慢腾腾地啜着酒。咖啡馆里有个小型的乐队，开始上来演奏，有个眉清目秀、像个学生般的歌手，在那儿唱着西洋歌曲。她倾听着，那歌手声音低沉而富有磁性，显然受过声乐的训练，他唱得很柔很美很动人。他正在唱一支老歌：《我真的不想知道》。他抑扬顿挫，颇有感情地唱着：

> 你曾投入过多少人的怀抱？
>
> 你曾使多少人倾倒？
>
> 有多少？有多少？有多少？
>
> 我真的不想知道！

　　她听着这支歌，不知怎的，她竟想起了《曼侬·雷斯戈》，看那本书已经很久了，故事也记不全了。但她仍有深刻的印象，那男主角对女主角之痴情、专注，已达不可思议的地步。也是"你曾投入过多少人的怀抱？你曾使多少人倾倒？有多少？有多少？有多少？我真的不想知道！"江淮会是那个男主角吗？江淮会是那个骑士吗？她沉思着，深深地沉思着。那歌手又换了另一支歌，也是支老歌：《大江东去》。她招手叫来了侍者，写了一张条子："你会唱《雁儿在林梢》吗？"

　　侍者把条子带给了那年轻人，未几，那年轻歌手对她微微颔首，开始唱：

> 雁儿在林梢，
>
> 眼前白云飘，
>
> 衔云衔不住，

筑巢筑不了，

雁儿雁儿不想飞，

白云深处多寂寥！

雁儿在林梢，

风动树枝小，

振翅要飞去，

水远山又高，

雁儿雁儿何处飞？

千山万水家渺渺！

雁儿在林梢，

月光林中照，

喜鹊与黄莺，

都已睡着了！

雁儿雁儿睡不着，

有梦无梦都烦恼！

　　她的眼前浮上了一层雾气，整个视线都模模糊糊了，她把头斜倚在窗玻璃上，用手指拨弄着那些珠子，听着那珠子与珠子互相撞击的音响，看着那珠子在灯光下折射出来的光芒。她的头昏昏然，心茫茫然，神志与思想都陷入一种半虚无的境界里。

　　有个人坐到她的对面来了，单身的女客太容易引人注意，何况她把寂寞与凄惶明显地背在背上，写在脸上，扛在肩上。她头也不回，就当他不存在，她继续拨弄着那些珠子。那个人也不说话，只招手叫了两杯咖啡，他把一杯热咖啡推在她的面前，把那还有小半杯威士卡的酒杯取走。然后，他燃上一支烟，那熟悉的香烟气息向她绕鼻而来。这些举动使她立刻知道了他是谁，半侧过头来，她从睫毛下面，冷幽幽地看着他。这个人，他是魔鬼吗？他是凶手吗？他是邪恶的吗？

"你怎么知道我在这儿？"她问。

"找了你好几天，什么地方都找遍了。"他说，声音很平静，像在说别人的事情。"午后，还开车去了一趟大里，以为你可能又去那个渔村了。我也看到那些渔民和岩石，也看到那些在网里挣扎的鱼。晚上，我去了每家餐厅、咖啡馆，后来，忽然想起这儿——心韵，以前你曾经约我来过一次，于是，我就来了。"他喷出一口烟，烟雾弥漫在他与她之间。"你为什么喜欢这家咖啡馆？"

"因为……"她慢腾腾地、冷漠地、不带一丝感情地说，"因为这儿离碧槐的坟墓很近。"

他惊跳了一下。

她紧盯着他，声音更冷了。

"这刺痛了你吗？"她问，"你永远怕听到碧槐两个字，好奇怪。一般人都会喜欢谈自己所爱的人。"她用小匙搅动咖啡，望着那咖啡被搅出来的回旋，不经心似的问，"碧槐生前喜欢花吗？"

"是的。"

“喜欢什么花？玫瑰？蔷薇？紫罗兰？丁香？”

他注视着她。“不，她喜欢蒲公英。”

“蒲公英？一种野生的小菊花吗？”

“是。她说玫瑰太浓艳，兰花太娇贵，丁香太脆弱，万寿菊太高傲……都不适合她，她常把自己比喻为蒲公英，长在墙角，自生自灭，不为人知。她说这话的时候，心情总是很黯淡，她一直很自卑。”

她停止了搅咖啡，用双手托着下巴，一瞬也不瞬地望着他。他迎视着她的目光，面容显得相当憔悴，他的眼神疲倦而担忧，他的神情忧郁而落寞。但是，他浑身上下都带着种正直的、高贵的气质，他不像个凶手，一点也不像个凶手，倒像一个等待宣判的囚犯——一个冤狱中的囚犯。冤狱？为什么她会想到这两个字呢？潜意识里，她已经在帮他洗脱罪嫌了？

“你躲了我好几天了！”他说，猛烈地抽着烟，他的手指微微颤抖着。“病才好，你就在外面到处乱跑！如果你不想见我，只要给我命令，我绝不去纠缠你。但是，请你不要这样不分昼夜地在外游荡，你使我非常非常担心。”他仔细地看她，“你又瘦又苍白！”

他的言语使她心跳，使她悸动，使她内心深处浮起一阵酸酸楚楚的柔情。仿佛有只无形的手，捏紧了她的心脏，使她的心跳不规则，使她的呼吸不稳定。这种“感觉”令她气恼，令她愤怒，她咬了咬牙：

“就算在外面乱跑，还是逃不开你！你干吗紧追着我不放？你能不能由我去？你能不能少管我？"

他垂下眼睛，似乎在努力克制自己某种激动的情绪，他的面容更忧郁了，眼神更落寞了，他很快地熄灭了烟蒂，简单地说："好，我走！"

"不许走！"她冲口而出。

他坐了回去，愕然地瞪着她。眼睛里有期盼，有迷惘，有焦灼，有惶恐，还有——爱情。那种浓浓的爱情，深深的爱情，切切的爱情。她在这对眼光下融化、瑟缩，而软弱了。她深吸了一口气，低低地、命令似的说："我要问你一句话，你要坦白告诉我！"

他点点头。

她用舌尖润了润嘴唇，她的喉咙干燥。

"曼侬是谁？"她哑声问。

他再度惊跳，像挨了一棍，他的脸色立即苍白如纸，他迅速地抬起眼睛，死死地盯着她。他的呼吸又急又重浊，他的眼神凌乱，他的声音颤抖。"谁告诉你这个名字的？"他问。

"你别管，你只告诉我，曼侬是谁？"

他蹙紧眉头，痛苦地闭上眼睛，他用手支住了额。"曼侬——是一个舞女。"

"你——爱过曼侬？"

他咬牙。"是的。"

"她一定不是个普通舞女了？她一定很有深度，很有灵气，很能吸引你？她是不是像曼侬·雷斯戈一样迷人和可爱？你直到现在还爱她，是吗？她喜欢什么花？绝不是玫瑰、兰花、丁香，或万寿菊？可不可能是……"

砰然一声，他在桌子上重重地捶了一拳，咖啡杯震落到地上，打碎了。他直跳了起来，带动了桌子，使另一杯咖啡也翻倒在桌上。一时间，一片乒乒乓乓的巨响，使整个咖啡馆都惊动了。那年轻的歌手正在唱一支《往日情怀》，吓得也住了嘴，侍者们全往这边望着，江淮对这一切都置之不理，他大声地、恼怒地、旁若无人地对丹枫大吼起来：

"住口！我对你受够了！我没有义务一次又一次地接受你的审判！我不会再回答你任何问题！随你怎么想，随你怎么评判！我什么都不会说了！你休想再从我嘴里套出一个字来！你认为我是凶手也罢，刽子手也罢，魔鬼也罢，我再也不辩白，不解释……"

"江淮！"她喊，阻止了他的咆哮和怒吼，"你要惊动所有的人吗？如果我们要吵架，最好是出去再吵！"

一句话提醒了江淮，他走到柜台去付了账，就埋着头冲出了咖啡馆。丹枫跟在他后面，走出了心韵，夜色已深，月明如水。丹枫望着他的背影，他的背脊挺直，浑身带着种难以描绘的高傲，这高傲的气质令她心折，这心折的感觉又令她恼怒，她咬咬牙说："江淮，你不用对我吼叫，也不用对我发脾气，因为我已经决定了。"

他蓦然收住了脚步，站在一盏街灯下面，回过头来，阴鸷地、惊愕地望着她，不稳定地问："你决定了什么？"

"我要离开你！在最短的期间内飞回英国去！"

他闷不开腔，死盯着她，似乎一时之间不能理解她在说些什么。

"你不用再烦恼，不用再担心。"她继续说，声音如空谷回音，幽冷而深远。她的眼光停在他的脸上，那眼光是迷蒙的，深沉的，难测的……里面还带着抹令人费解的恐惧和惊惶，"我不会再追问你任何事情了！也不会再审判你了！因为，我已经被吓住了，被许多事情吓住了，我没有勇气再去发掘！更没有勇气去面对可能找出来的真实！我是懦弱的，懦弱而渺小，我决心做一个逃兵！我放弃了！我逃开你！放开你！我要走得远远的！离开你的世界远远的！你放心了吧？你满意了吧？"

他注视着她，她站在街灯之下，灯光和月光淡淡地涂抹在她的脸上、手臂上和身上。她穿了件白色棉布的衣衫，宽袍大袖，衣袂翩翩。晚风掀起了她的衣袖，露出了她那瘦小而亭匀的胳臂。她那新病初愈后的憔悴和消瘦，更增添了她的妩媚与纤柔。真的，她美得像诗，美得像画，美得像片纤尘不染的白云。而那对迷蒙的、无助的、悲凄的眸子却使人心碎。他费力地和自己那复杂的情绪交战。

"对不起，丹枫，"他沙哑地说，"我找了你好几天，好不容易找到你，并不是要和你吵架……"

"我也不要和你吵架，"她说，语气肯定而坚决，"我决定了，我回英国去。"

他吸了口气，扶着街灯的柱子："不要轻易用'决定'两个字！"他低语，在热情的烧灼下显得有些昏乱和软弱。

"不是轻易，是考虑了很久之后才'决定'的！"她也低语。

"不要和我负气！"他的声音更低了。

"不是负气！是很理智的！"

他深深地望着她："不能更改了？"

她摇摇头。

他再吸了口气，忽然挺直身子，往自己停在路边的车子冲去，大声地说："好吧！看样子，我没力量留下一只流浪的雁子，你高兴继续你的流浪，我有什么话说？上车吧！"他命令地说："我先送你回去！"

她倒退了两步："我还不想回家，你走你的，我走我的！"

他一把捉住了她的手腕，凶暴地看着她。"你听不听话？"他恼怒地低吼，"你一定要再病一场才满意，是不是？你看你瘦成了什么样子？你苍白得像个鬼！你给我上车！"他打开车门，把她甩进了车中，再砰然一声关上车门，从另一扇门上了车，他发动了马达。"你给我回去好好地睡觉！你满脸的倦容，满脸的病容，一身的瘦骨头……"车子"呼"的一声向前冲去，他回头再看了她一眼。"老天！"他叫，"你给我滚回英国去吧！否则，我会被你凌迟处死！"

第十三章

　　江淮站在他的大办公室里，斜倚着窗子，望着窗外的车水马龙和那灿烂的阳光。他怔怔地发着呆，心情矛盾而神志昏乱，在这矛盾和昏乱中，他无法把握自己的思想，只觉得每根神经都像绷紧了的琴弦，马上就会断裂。每个细胞，都像吹胀了的气球，随时都会爆破。他用手拂拂额角，虽然只是五月，虽然办公室里已开了冷气，他仍然额汗涔涔。他在室内大踏步地踱着步子，完全定不下心来，桌上堆满了待办的公事，他却看都没有看一眼。他从房间的这一头走往那一头，不时望望电话机。他想打个电话，看看手表，才早上十点钟，应该让她多睡一下，等她睡够了，或者她肯好好地谈一次了。谈一次？他还能跟她谈什么呢？每次的谈话，一定是结束在争执和痛楚里！天哪，这种情况还要继续多久？继续多久？继续多久？

　　有人敲门，他本能地站定了脚步，方明慧推门而入，又是满手的卷宗文稿，又是一连串笑容可掬的报告：

"编辑部问本月新书的计划你满不满意？发行部说那份发行调查表已经送给你两个月了，问你要不要放弃那些小地区？印刷厂说纸张涨价，新价目表在你桌上，你一定要看一下，决定是调整书价还是改用较次等的纸张？这个月要再版的书有十一本之多，是不是完全再版……"

"明慧！"他叹了口气说，"你把东西放在桌上，我等一会儿再看吧！"

"江先生，桌上已经积了一大摞了呢！你还是快快告诉我，我闪电一样记下来，马上交给他们去办，好不好？"方明慧笑嘻嘻地说，摊着记录本，"我们一条一条来讨论，好吗？"

"明慧，"他忍耐地蹙蹙眉，忽然冒火地说，"你叫各部门自己决定吧，总不能大事小事都来问我！"

方明慧扫了他一眼，笑容消失了，她悄然往门口退去，到了房门口，她又回过头来，大胆而直率地说："各部门做的决定你能信任吗？你信任，我就让他们去做，如果天下大乱，你可别发脾气！"

"好好，回来！回来！"他投降地说，"我们来把这些积压的公事处理掉吧！"

方明慧那圆圆的脸蛋上闪过一抹笑意，就飞快地折回到桌边来。刚刚把速记本摊好，桌上江淮的私人电话忽然响了起来，江淮像触了电，立即反身冲到桌边，一把抢起那电话，他才"喂"了一声，对方已传来丹枫的声音："江淮，我刚去航空公司买了飞机票……"

"什么？"他大吼，吼得整个屋子都震动了，吼得方明慧吓了好大一跳，速记本都落到地上去了。他对听筒急切地、焦灼地、语无伦次地嚷了起来："丹枫，你要冷静，你不能开玩笑，你听我说……你现在在哪里？我们当面谈！丹枫！你听我说，你不许挂断电话，你敢挂电话，我找你拼命！不，我不是威胁你，我只是急了，你听我说，丹枫——"他狂叫，"你买了什么时候的飞机？明天？你疯了！你——"对方已"喀啦"一声收了线。他对着听筒发呆，然后，摔下了电话，他转身抓起椅背上的西装外套，就要往屋外冲。方明慧长叹一声，站起来说："我看，这些公事还是过两天再办吧！"

江淮来不及对方明慧再交代什么，就径直地冲向门口，刚要开门，不料房门却从外面陡地打开，他差点和一个人撞了个满怀。他站稳脚步，才看清进来的竟是江浩！江浩直冲进来，满头大汗，衬衫被汗湿透，贴在身上，额前的头发也被汗湿透，濡湿地挂在那儿。他喘吁吁的，脸色青白不定，似乎发生了什么攸关生死的大事。江淮被他的神情吓住了，他愕然地问："老四！你怎么了？有流氓追你吗？你跟人打架了？你被学校开除了？"

"不是！不是！"江浩摇着头，倒在沙发里。

江淮心中一宽，就又记起自己那十万火急的事，他拍拍江浩的肩，仓促地说："我有件急事，非马上出去一下不可，你在这儿等我，我回来再跟你谈！"

江浩一反手，就抓住了江淮的手腕，他大声地、气急败坏地吼了起来："大哥，就是有天塌下来的事，你也不许走！

你要帮我解决问题，我完了！"

"你完了？怎么完了？"江淮又怔住了。

"我要跳楼了！"江浩忽然大声地、似乎在向全世界宣布一般地吼叫了出来，这一下，不止江淮，外面整个办公室都骚动了。那聪明可人的方明慧也吓得眼睛都直了。江淮一看情况不妙，他摸摸江浩的额，没热度，却有一头的冷汗，再仔细看他，他眼睛发直，脸色发青，呼吸短促，嘴唇发白……他及时地对方明慧说："明慧，去倒杯冰水来……"想想冰水没用，他又急急地吩咐，"我架子上有酒，先倒杯酒给我！"

方明慧飞快地跑到架子边，倒了一杯酒过来，江淮扶住江浩的头命令地说："先喝一口，你快要昏倒了。"

江浩啜了一大口酒，马上就又呛又咳起来。江淮对方明慧做了个眼色，方明慧立即识相地退出了房间，带上了房门。江淮把门锁上，折回到江浩身边来，他仔细地凝视着弟弟，把酒杯凑在他唇边："再喝一口！"

江浩又喝了一口，他长长地吐出一口气来，脸上才稍微恢复了一点人色。江淮耐心地坐在他对面，伸手拍拍他的膝，说："好了，老四，你闯了什么祸，告诉我吧！只要你不是杀人放火犯了罪，我总能给你解决的，说吧！"

"我没闯祸。"江浩有气无力地说，"什么祸都没闯。"

"那么，到底是怎么回事？"

"是晓霜……"他闭上眼睛，"晓霜……"

"晓霜出事了？"他追问，"她干了什么坏事？还是你和她……"

"不是！不是！"江浩大嚷，他无法控制自己，"你不要乱猜！我和晓霜什么事都没做过！"

"那么，你说呀，到底是什么？"江淮不耐地问，他又在想丹枫，丹枫和她的飞机票。

"晓霜走了！"江浩说，呻吟着，"她走了！一声也不响地走了！"

"走了？"江淮不解地问，"走到什么地方去了？"

"我就是不知道她走到什么地方去了！"江浩又大叫起来，额上的青筋跳动着。"如果我知道，也不来找你了！我早就追了去了！"

"好了，老四！"江淮叹口气，摇摇头，了解地说，"我懂了，你和晓霜吵了架，闹了别扭，她就来个不告而别，是吗？老四，你太嫩了，这是女孩子一贯的花招，你实在犯不着急成这个样子。倒是由于你的着急，使我觉得事态严重，你说过你不认真，甚至说我没有认识晓霜的必要。但是，现在看来，你不但认了真，而且，认真得一塌糊涂……"

"大哥！"江浩懊恼地喊，"你能不能让我把事情说清楚？你能不能等一会儿再研究我的认真问题？"

"你说呀！"

"晓霜失踪了！"

江淮站起身来，去给自己倒了一杯酒。

"你已经说过了！"他耐心地说，瞅了一眼电话机，不知道现在丹枫在什么地方？

"我说过了，但是你根本没懂。晓霜忽然不见了，不止她不见了，奶奶也不见了，小雪球也不见了！一夜之间，她家就搬了个干干净净。原来，那些家具都是房东的，电视、冰箱……什么都是房东的。她们前天就退了租，今天，就整个都不见了！"

"什么？"江淮的注意力集中了，"你说，她们全家都搬走了？"

"是呀！所谓全家，也只有晓霜和奶奶两个人，小雪球不能算人！她们忽然就不见了，左右邻居，没有一个知道她们去了哪里！"

江淮盯着江浩。"你最后一次见她是什么时候？"

"前天早上，我们从渔船上下来……"

"渔船？"江淮一愣。

"是的，渔船，我们跟着渔船出海，坐在船头上看星星，看月亮，看海水，看渔火。她还一直有说有笑的，她喜欢看渔夫捕鱼，她喜欢海，我们谈了好多好多……后来她哭了，她叫我不要恨她，我为什么要恨她？……天哪！"他忽然把头埋进手心里，惊呼着说，"她那时已存心要离开我了！她知道她要离开我了！而我却像个傻瓜！可是，为什么？"他跳起来，用脚踹沙发，踹墙角，踹桌子。嘴里大叫大嚷着："为什么？我没有得罪她！我没有欺侮她！我没有做错任何一件事！我从没有这样真心要讨一个女孩子好！如果她要月亮，我也会跑到天空中去帮她摘！她为什么要躲开我？为什么要连家都搬走？她……"

"老四！"江淮哑声叫，神色凝重而眼光凌厉，他的声音里有股莫大的力量，使江浩的激动不知不觉地平静了不少。"你不要满屋子乱跳，先坐下来！"

江浩身不由己地坐了下去，神经质地啃着自己的手指甲，又神经质地扯着自己的头发。

"我从没有仔细听你描述过晓霜，告诉我，"江淮的声音更低更沉，却含着莫大的恐惧与心惊，"她是什么样子？她多少岁？她穿什么样的衣服？她从什么地方来的？"

"她……她当然很漂亮！"江浩烦躁地说，"你不必管她的样子……"

"我要管！"江淮严肃地说，"告诉我！"

"她有张瓜子脸，大眼睛，尖下巴……"江浩不耐烦地说着，"满头乱七八糟的短发，永远穿毛衣或衬衫，永远穿牛仔裤和靴子。她自己说她有十九岁，我看她顶多十七岁！她很淘气，爱笑爱闹爱疯，她喜欢撒谎，可是总撒不圆。她喜欢唱歌，没有一支歌记得牢歌词，自己就胡编乱凑一通！她是从台中搬来的，为什么搬来我不知道。她还有自言自语的毛病，每次对着小雪球的耳朵说悄悄话，什么稀奇巴拉，猴子搬家之类……"

"够了。"江淮做了个阻止的手势。他的脸色松弛了，似乎从一个什么大恐惧中解脱出来，他的精神振作了一下，眼光又奕奕有神了。"不用再说下去，"他说，"她们搬走了，很可能是因为台中的老家忽然发生了什么事故。我觉得，你大可不必这么惊慌，说不定明后天，你就会收到她的信，或者得到她的消息……"

"我看，你自始至终没弄清楚我的意思！"江浩又吼了起来，脸上一阵红一阵白，呼吸紧张而急促。"她走了！你懂吗？"他大叫着，"她不要再见到我了，你懂吗？"

"我不懂，"江淮困惑地说，"何以见得？"

"看看这个！"江浩从口袋里掏出一张纸条来，递给江淮，"这是今天早上，我在我的信箱里找到的！"

江淮接过了那张纸条，打开来，那是张普通的白信笺。江淮的目光一接触到信纸上那飘逸的字迹，他的心就怦然一跳，整个人都像沉进了冰窖。迅速地、贪婪地、急切地，他几乎是吞咽着，迫不及待地去读那内容：

江浩：

　　我走了。你永远见不到我了，因为，我准备从这个星球里隐灭，到别的星球里去再生。如果，我还能"再生"的话。

　　你已经亲口对我发过誓，你不会恨我，那么，请你原谅我吧！原谅我对你开了一个大大的玩笑。江浩，听我一句话，我并非你想象中那个单纯快乐的小女孩，我是一只木叶蝶，身上早就布满了保护色。不，我还不只是只木叶蝶，我还是一片毛毡苔。你知道什么是毛毡苔吗？那是种颜色艳丽的植物，它有美丽的、针状的触须，盛开时，是一簇焰火般的花球。但是，它每个触须都是有毒的，只要昆虫被诱惑而沾上它，它立即就把它吃掉。江浩，你知道吗？我就是这样的一个花球，危险、邪恶而可怕。你别被我的外表所诱惑，我的外表是假的，是虚伪的。你差一点成为毛毡苔的捕获物。

从一开始，我就叫你不要对我认真，我想，我的天良未泯。你是个又善良又优秀的青年，比我预料的要好一百倍。像你这样的青年，该找到你最理想的伴侣。那绝不是我！因为，你从没有真正认识过我！你爱上的只是虚无的影子，一个空中楼阁中的人物，一只有保护色的木叶蝶！

江浩，你还年轻，在你这样的年龄，一切哀愁都容易随时间淡忘。如果我曾留给你任何哀愁，希望它会像一片浮云般飘去。我走了，江浩，请你最起码相信一件事，我的离去，是救你而非害你，是怜你而非恨你！

最后，我要请求你一件事，请你当作从没有认识过林晓霜，当作这只是你的一个梦，一个荒谬的梦，梦醒了，世界和原来的都一样，只是没有了林晓霜！对于完全不存在的事物，你根本不必悲哀的，是不是？我会走得很远很远，你这一生，再也见不到我了。谢谢你曾帮我捕捉过欢乐，谢谢你曾提醒我青春。我不会忘记你，和你那好可爱好可爱的"蜗居"。希望没有多久，会有另一个女孩，和你共用蜗居里的东西，和床底的可乐。

我走了。祝福你，深深深深地祝福你！我的年
轻的"小"朋友！

祝幸福

从没有存在过的晓霜

江淮一口气读完了这张纸条，他的脸色已经比那张纸还
要白了。他的心脏几乎停止了跳动，有好一刻，他连思想的
能力都消失了。然后，他就整个人都被一种近乎恐惧的愤怒
所攫住了，在这愤怒的底层，还有那么千分之一、万分之一
的希冀，不，这事是假的，这事太不可能！这事太荒谬！太
荒谬！他握紧了那纸条，他的手颤抖，他的头发昏，他的
眼睛前面，全是金星在迸现。但是，这笔迹，这文字，这词
汇……都那么熟悉！熟悉得可怕！居然是她？居然是她！这
怎么可能？她为什么要这样做？她怎能同时幻化为两个人？
不，他模糊地思索，她经常失踪，她行踪诡秘，原来如此！
她来做什么？为什么？是了！报复！这两个字在他脑中闪过，
他的血液就顿时凝结成了冰块。他咬紧嘴唇，倒抽了一口冷
气，忽然间，他跳起身子，直冲到柜子前面，在稿件柜里翻
出了那本《黑天使》的原稿，他多此一举地核对着那笔迹。
然后，他呻吟着，整个人就瘫痪地坐倒在地毯上，用双手紧
紧地抱住了头。没有怀疑了，一切都那么明显！那么令人心
胆俱裂！好一个林晓霜，好一个不存在的林晓霜，来自伦敦
的林晓霜，学了四年戏剧的林晓霜！

江浩扑了过来，兴奋燃亮了他的眼睛，他整个脸孔都发

起光来。

"大哥！你认识晓霜？你知道晓霜？"他伸手去拿那本《黑天使》。"她帮你写过稿？她是个作家？她居然会写作？这简直是——奇迹！她——"

江淮劈手夺过了那本《黑天使》，他把它锁进稿件柜里。回过头来，他望着江浩，他的脸色惨白，眼光狞恶，整个脸上的肌肉都扭曲而变了形，他凶暴地、粗鲁地、沙哑地、战栗地问："老四，你爱上了这个林晓霜？"

"大哥，"江浩被他的神色吓住了，"我不该爱晓霜吗？你怎么了？"

"我问你爱还是不爱？"江淮大声问。

"当然爱！"江浩冲口而出。

"如果失去她，你会怎样？"

"失去她？"江浩茫然失措，一把握住了江淮的手腕，急切地说："不，我不会失去她，是不是？大哥，你无所不能，你认得她，你会帮我找回她，是不是？"

"如果世界上根本没有林晓霜这个人呢？"江淮厉声问，"如果这只是你的幻觉呢？"

江浩忽然崩溃了，他跳起来，用手抱住了头，满屋子乱踢乱蹦，他踢桌子，踢椅子，踢柜子，踢台灯，踢沙发……踢一切踢得到的东西。他一面踢，一面咆哮地、悲愤地叫着："为什么你们都说没有这个人？难道我这几个月发了神经病？我和她在一起笑过，闹过，玩过，跳过舞，钓过鱼，唱过歌。我抱过她，吻过她……难道这一切都不存在？难道这一切都是幻觉？"

"你抱过她？吻过她？"江淮的声音凄厉，如野兽的哀鸣。

"是呀！"江浩疯狂般地喊着，"我和她坐在船头上看渔火，那还只是两天前的事！她躺在我怀里睡着了，我用外套裹着她，直到现在，我还能感到她在我怀中的体温。而你居然说没有这个人！"他捧着头狂喊："如果没有晓霜，我就该住到疯人院去！"江淮站起身来，靠在墙上，他的头仰望着天花板，眼睛里布满了红丝，眼眶湿润。他喃喃地说："执戈者带着黑天使而来，她下了战书，而我竟不防备！我是个傻瓜！天字第一号的傻瓜！她一开始就有备而来，布下陷阱，我们一个个往里跳！是的，她是毛毡苔，我们全是她捕获的昆虫！她将把我们缠绕、绞碎、吞噬……哦，老天！"他咬紧牙关，咬得牙齿咯咯发响："人生怎么可能发生这种事？为什么偏偏轮到我身上？"

江浩已经把满屋子的东西都踢遍了，他踢翻了台灯，踢翻了茶几，踢翻了椅子……然后，一下子，他站在江淮面前。他的面孔由原来的苍白而转红了，他涨红了脸，眼睛里燃烧着火焰，他激动，热情而神经质。他用发热的手握住了江淮，激动地说："大哥，我知道你认识晓霜，她是你的一个作者，你一定有她的地址！大哥，你告诉我，我去找她。哪怕是天涯海角，我都去找她！大哥，你是好哥哥，你一向疼我，宠我，你帮我这个忙，我感激你一生一世！"

江淮觉得五脏六腑都紧缩了，他喉咙干燥得要裂开，头脑中像有一百个炸弹，在那儿轮流爆炸，他握紧了江浩的手，他的手也同样在发热。

"老四，"他低沉而恐惧地说，"你能不能忘掉她？你还这么年轻，你根本不懂什么叫爱情！"

"哦！大哥！"江浩绝望地高呼，"你为什么不忘掉陶碧槐？你为什么不忘掉陶丹枫？而叫我忘掉林晓霜！好，好，好！我忘掉！忘掉！我不找你，我去找晓霜！"他跟跄着往门口冲去，"我不用你帮忙，我不相信找不到她！"他回头看着江淮，"根据物质不灭原理，没有人会从这世界上隐灭！"

江淮冲上前去，一把抓住江浩，他把他拖到沙发边来，按进沙发里。红着眼眶，他哑声说："你给我坐在这里别动！你等着，我去把林晓霜给你抓来！你不许离开房间，我保证给你一个林晓霜！"

江浩愕然地抬起头，不信任地看着江淮，问："你能把她抓来？"

"我能？"江淮惨然地自问着，"是的，我能！"他终于点点头，大踏步地冲出了房门。

第
十
四
章

丹枫正在收拾行装。

她把箱子放在床上，把所有的衣柜都打开了。她慢慢地，一件一件地把衣服折叠起来，收进箱子里，她做这件事，做得专心而细致，好像她这一生最重要的事，就是要叠好这些衣服。她面容愁苦，心情低落，觉得自己把所有属于欢乐的、属于留恋的、属于柔情的种种情绪也都打包装箱了。而这箱子，却可能永久尘封。她想着，她的手就不能运用自如了。每件衣服都像有一千斤那么重，既提不起，也放不下。然后，她就拿着一件衣裳，在床沿上坐了下来，痴痴地、迷乱地、凄苦地对着那衣裳发起呆来了。那是件黑丝绒的斗篷，她第一次去见江淮，就穿着这件斗篷，那还是冬天，天气是阴沉欲雨的。现在，她的心也阴沉欲雨了。

她就这样坐在那儿，神思恍惚地想着一切。从过去到未来，从英国到中国。哦，她演了一场最坏的戏！她演砸了每个角色！她自以为能干，自以为有定力，自以为聪明……她却演坏了每个角色，演坏也罢了，怎么竟会迷失在自己饰演的角色里？她握紧那衣裳，丝绒那么光滑，那么柔软，柔软得像她的意志……她把头扑下来，把面颊埋进那衣裳里。

就这样走了吗？就这样离开她眷恋的地方？问雁儿，你为何流浪？问雁儿，你为何飞翔？问雁儿，你可愿留下？问雁儿，你可愿成双？她忽然心灵震动，一股酸楚就直往脑门冲去，她的眼眶骤然发热，那光滑的丝绒就莫名其妙地潮湿了。是的，流浪的雁儿没有家乡，去吧！去去莫迟疑！不能再追寻，不能再逗留，所有的角色都演砸了，她只能飞走，飞得远远的，飞到另一个星球去！

急促的门铃声打断了她的沉思，也打断了她那凄苦的冥想。她站起身来，把衣服堆在床上，走到门边去，毫无心理准备地打开了房门。

江淮像一阵狂风般卷了进来，手里紧紧地拎着个口袋。他面目凶暴，眼光狰狞，浑身上下都带着暴风雨的气息。砰然一声，他把房门撞上，就直冲到客厅里。他对室内扫了一眼，眉毛凶恶地拧结在一块儿，眼底闪烁着像豹子或狮子般的光芒，他的胸腔沉重地起伏，呼吸像鼓动着的风箱。丹枫微有怯意地看着他，从没看到他有这样凶暴的面目。

"江淮……"她讷讷地开了口，"你……你要干什么？"她不稳定地问着，心中仍然激荡着那股酸楚的柔情和若有所待的期盼。

"干什么吗？"江淮大声地说，陡然把手中的口袋拉着袋底一倒，顿时，有五本精装的，厚厚的日记本从那袋中滚了出来，四散地滚落在那地毯上。他的眼眶发红，眼中冒着火焰，他嘶哑地怒吼着说："都在这儿！丹枫！我和碧槐五年来的一本账，全在这儿！我辛辛苦苦要隐瞒你的事，都在这里面！这些，全是碧槐的日记，你可以慢慢去读，慢慢去欣赏！我全面投降，我把这些拿出来，希望你看了之后不会后悔！恭喜你，丹枫，你胜利了，你逼我交出了一切！现在——"他一把握住了她的手腕，把她往卧室里拖去："你给我换衣服，跟我走！"

"我跟你到哪儿去？"她惊呼着，"你弄痛我了！"

"我不在乎弄不弄痛你！"江淮吼着，忽然用力去扯她的头发，她又惊又痛，呼叫着，脑袋被他扯得一直往后仰去，他放开了她的头发，冷冷地说，"奇怪，原来你的长头发是真的，短头发才是假的！"他把她用力一摔，摔倒在床前面。她靠在床沿上，满脸发丝，气喘吁吁。

"起来！"他大叫着，命令地，凶恶地，"你以为我害死了碧槐？去读那些日记！你要报复，你以为自己是个复仇天使！你报复吧！你杀我，报复我，毁我，随你便！但是，你怎么忍心去玩弄一个孩子？"他的声音越叫越高，越叫越沉痛，越叫越愤怒："他才只有二十岁，你知道吗？他比你还小，他与我们的恩怨一点关系都没有，他天真纯洁得像张白纸，你知道吗？你为什么要去招惹他？你为什么要去伤害他？如果我有对不起你的地方，你找我算账！他那么小，他有什么过错？"

她往床边退去，身不由已地蜷缩着身子，抬起头来，她迎视着他的目光，勇气忽然又回到了她身上，她甩了甩头，把面颊上的发丝甩向脑后，她挣扎着说："他的过错，是生为你的弟弟！"

"我的弟弟！"他狂叫着，"他与我的事有什么相干？他从来没见过碧槐！他从不认识碧槐！难道碧槐的死要他去负责任？"

"你伤害了我的姐姐，"她开始冷静了，开始本能地应战了，开始面对现实了。她挺了挺瘦瘦的肩膀，清晰地说："我唯一能报复你的办法，不只是伤害你，而且要伤害你的弟弟！"

"你这是什么魔鬼哲学？"他对着她的脑袋大吼，声音几乎震聋了她的耳鼓。

"是魔鬼的哲学！"她的声音里带着泪浪，高傲地仰起头来，眼睛里也闪着泪光。但是，她唇边却浮起一个胜利的、虚弱的微笑。"你心痛了？你痛苦了？你比自已受伤还痛苦，是不是？那么，你该知道我曾经遭受了多少痛苦！你的弟弟，他毕竟还活着，我的姐姐却已经死了。"

"我没有杀害你的姐姐！"他狂叫，失去理性地狂叫，"你这个傻瓜！你这个疯子！你这个莫名其妙的混蛋！杀你姐姐的是你自己！你那该死的贵族学校！你那该死的生活费！两千英镑一学期！你姐姐连自已都养不活，她如何去负担两千英镑一学期！报复吧！你报复吧！是你把她推入了火坑，是你把她推入万劫不复的地狱！是你把她推向了毁灭！你报复吧！你报复吧！你报复吧……"

她身子往后退，床挡住了她，她再也退不动了，张大眼睛，惊恐万状地望着他，张开嘴，她吐不出声音。恐怖和震惊使她的脸色在一刹那间就变得惨白，血色离开了嘴唇，她开始颤抖，颤抖得整个床都簌簌作响。她对他摇头，祈求地，悲切地，哀恳地摇着头，半晌，才吐出怯怯的，哀痛的，像垂死般的声音：“不是的，江淮，不是我！你不要这样说，不要因为我伤害了你弟弟，就给我这么重的罪名！不，不是的！我没有杀碧槐，我没有！”

“那么，你凭哪一点说碧槐是我杀的？”他继续吼叫，继续直问到她脸上来，“你对人生的事了解得那么少，你对感情和人性只懂一点皮毛，竟想代天行道！”他又抓住了她的胳膊，把她整个人从地毯上提起来，像老鹰抓小鸡似的抓住她，再把她重重地摔到床上去。她倒在床上，把身子蜷起来，盘缩得像只虾子。他对着她的脑袋喊：“我不跟你争辩碧槐的死，反正我已经拿出了日记，是非黑白，你自己去评断！现在，你给我马上起来！”

“你……你……”她惊恐失措，牙齿和牙齿打着战，就在这一瞬间，她怕他了，她真的怕他了。由心底对他恐惧，而且被他慑服了。“你要我干什么？”她战栗地问。

“变成林晓霜！”他又狂吼，再度震聋了她的耳鼓。他径自在那摊开的箱子里翻寻，把每件衣服拖出来，丢到地上，然后，他选出一件T恤，一条半长的牛仔裤，把衣服抛在她身上。“去！给我换上！你的假发呢？”他咬牙切齿，跑过去翻箱倒柜地找寻。“你那该死的假发呢？”他愤愤地问，像江浩一般踢着床脚，"你那满头乱七八糟的短发呢?"他拉住她的胳膊，把她拖起来："我给你十分钟时间，你把自己变成林晓霜!"

"你……"她被动地、无力地被他拖得满床打转，"你要我变成林晓霜干什么?"

"去救我的弟弟!"他又狂叫了。额上的汗珠滚落了下来。"我答应给江浩一个林晓霜，你就得变成林晓霜! 十九岁的林晓霜，淘气顽皮的林晓霜，你给我变过去! 然后跟我走!"

"不不!"她拼命摇头，把身子往床里缩，"不不! 我不干! 我不能那样做!"

"你不干?"他的眼睛血红，狂怒使他整个面部都扭曲了，"我不允许你不干! 起来!"

"不不!"她继续说，更深地往床里躲，"我不去! 我绝不去!"

"你——"他忍无可忍，举起手来，对着她就是一掌。她本能地侧过头去，这一掌打在她的肩头，那力量那样大，她没坐稳，就从床上直摔到地下。他扑过去，把她从地上抓起来，又要打，但是，他看到她嘴角有一点血渍，正慢慢地沁出来，他的手软了，把她再抛到床上，他哑声地、命令地说："我给你十分钟!"

"我不去。"她悄声说，泪珠从她眼角滑落下来，"你打死我，我还是不能去。我已经告诉了他，我是只木叶蝶，我是片毛毡苔。我安心撤退，放他一条生路。我并没有做得很过分，我始终叫他不要对我认真，我告诉他我是个坏女孩，要他灰心而撤退……我并没有很过分……"

"你还不过分吗？你使他神魂颠倒，你使他废寝忘食，你使他失魂落魄，你使他快发疯了！你还不过分吗？他已经快为你跳楼了，你还不过分吗？"

她呻吟了一声，把脸藏进床里面。"我不知道他会这样热情。"

"你不知道？"他嚷着，声嘶力竭地嚷着，"你怎会不知道？他年轻，他血气方刚！他怎么禁得起你的诱惑？他怎么禁得起你那些千奇百怪的花招？你弄得他眼花缭乱！你那个该死的小雪球呢？你把它藏到什么鬼地方去了？……"

"它和奶奶在一起。"

"奶奶！"他又狂吼了，"你什么时候跑出来一个奶奶！你是变魔术的吗？你从哪里弄来一个奶奶？"

"她是个半聋半瞎的老太婆……"她继续呻吟着说，"我给她钱，雇她来掩护我，反正她听不清也看不清。雪球是从狗店里买来的，我已经把它送给奶奶了。"

"好，好，好！"他气得声音发抖，"你厉害，你真厉害，你把一个个的陷阱都布好了，只看我们兄弟两个怎样跳进去！你厉害！你是我生平都没有碰到过的角色！忧郁高贵的陶丹枫，活泼淘气的林晓霜……哈哈哈！"他忽然仰天长笑，笑得凄惨，笑得辛酸，笑得沉痛而苍凉。"我和碧槐把你送进全世界最有名的戏剧学校，让你变成世界上最有名的演员！哈哈哈！我们曾经多么辛苦地，一点一滴地去筹集你的学费！你总算是学有所成，不知道碧槐看到你今天的成就，会不会死也瞑目！"他喊着，笑着，泪水却冲出了他的眼眶。他背过身子，把额头抵在墙上，重重地喘气。

"我给过你很多暗示，"她更畏怯地、更瑟缩地说，"是你自己忽略了，我送《黑天使》给你，告诉你我要复仇。我选了林晓霜这个名字，因为它就是丹枫两个字。"

他回过头来，瞪着她："林晓霜就是丹枫两个字？"

"你熟读中国文学，总不会没念过'晓来谁染霜林醉'的句子，早上醉了的霜林，就是红色的枫叶。"

"哦！"他发疯般地大叫了一声，"我该想到林晓霜就是丹枫！我该想到你肚子里有几个弯几个转！我该想到丹枫在我身边失踪的时候，就是林晓霜在江浩身边出现的时候！我该想到这两个女孩从不同时出现！我该想到你永不要见江浩，而林晓霜也永不要见大哥！哦，我是傻瓜！我是大傻瓜，江浩是小傻瓜，你聪明！你能干！你把我们兄弟玩弄于股掌之间……"

"但是，我认输了，我撤退了。"她凄然地、低低地、苦恼而无助地说，"我并没有打完我的仗，我明天就走了，回英国去。还你们兄弟两个一份平静的日子。我马上就走了，你们都会把我忘记。你就告诉江浩，林晓霜已经死了。姐姐死了，你还是活下去了，不是吗？二十岁是很健忘的年龄，他很快就会忘记林晓霜！"

"胡说！"他大吼，"你休想逃走！你休想回英国，你休想在闯了这么多祸以后一走了之！我不会饶你！我不会放

192

你！你起来！跟我去见江浩！"

"我不！"她又往床里躲去。

"你去不去？"他大喊。

"不去！绝不去！"她固执地往床里躲。

"你不去也得去！你非去不可！"他扑过来，又把她从床上拖到地下，他语无伦次地喊着，"如果你不换衣服，我就剥光你！我今天绑也要把你绑去！你不换衣服，我来帮你换！"

她挣扎着，要从他掌握中逃出来，她扭动着身子，嚷着，喊着："不要！江淮！求求你！你放开我！不要强迫我去！请你不要强迫我去！我今天去了，你要我明天怎么办？难道我一辈子装成林晓霜？""你就一辈子装成林晓霜！"他喊，不顾一切地握紧她，"哗"的一声，扯破了她胸前的衣服，她惊喊着，用手掩住胸口，泪珠成串地滚落下来，疯狂地迸流在她的脸上，她哭着嚷："好，我换衣服，我跟你走！"

她从床边跳起来，带着股"豁出去"的神情，她满脸又是泪，又是汗，又是血迹，发丝拂在脸上，被泪水湿透了，贴在面颊上面。她眼中流露出一种疯狂的火焰，她的牙齿咬紧嘴唇，把嘴唇咬破了，血滴在下颌上。她也不避嫌，立即把上衣脱下，当着他的面换上 T 恤，再脱掉裙子，穿上牛仔裤，拉好拉链。

她扬起头来，一脸的狂暴和凶野，她用一种阴鸷的、悲愤的、奔放的狂怒，一迭连声地喊了出来："好！我跟你走！从此，我是林晓霜，你弟弟的女朋友！你不许碰我！你退开！朋友妻，尚且不可戏，何况是你弟弟的女朋友？在我跟你走出这房门之前，我有几句话要跟你讲！你知道我为什么要回英国？你知道我为什么要逃走？你知道为什么林晓霜必须消失？你知道我为什么坚持不跟你去见江浩？你知道我为什么不再追究姐姐的死因？你知道我为什么放弃了自己计划已久的报复？因为——我爱上了你！"她狂叫着，泪如雨下，"我爱上了你！我不可救药地爱上了你！你是杀碧槐的凶手，我爱你！你是我的敌人，我也爱你！我怕我再也离不开你，我想你，念你，爱你！爱得让我自己害怕，爱得不忍心伤害你，也不忍心伤害江浩……你瞧！我是最坏的演员，演坏了我的角色！演员怎么能动真感情？而我却昏了头，去爱上你！我输了，我只有撤退，我只有逃走！你这个笨蛋！你这个傻瓜！难道你体会不出什么是真正的爱情？我输了，你不懂吗？我远迢迢从英国飞来，为了和你作战！我却爱上了我的敌人！好了！"她甩甩头，仰着下巴，让那泪水、汗水和血水都流在衣襟上。"话说完了！我跟你走！"

他呆了，愣了，傻了。忽然间，他就像被魔杖点过，变成了一个不会移动的石头人。他瞪着她，好一会儿，他都没有思想，他失去了思想的能力。脑子里，只是疯狂地响着她嚷出的句子："我爱你！我爱你！我爱你！"这句子像十万个人敲着钟，钟声汇合成一片铿然有声的狂响，"我爱你！我爱你！我爱你！"但是，忽然间，像是有一盆冷水对他兜头淋下，心底，有个小声音在及时地喊："你能信任她吗？你还要继续被她蛊惑吗？你还要再被欺骗一次吗？"他一凛，醒了，从那几乎又捕捉了他的、狂喜的梦中惊醒了。他扬起头来，冷冷地、冰冰地、不信任地说："你在背台词吗？好一篇动人的谈话！如果我不是已经被你玩弄得团团转，我几乎会相信你了！你爱上了我？如果是真的，太不幸了！因为我再也不会受你的骗了！把你的台词省省吧！留下来去对江浩说吧！"

她的身子摇了摇，似乎要晕倒，她那已经像大理石般的面颊，现在惨白得像透明的一样了。她扶住了墙，稳住了自己。高高地昂起下巴，竭力在维持残余的骄傲，她点了点头，一连串地说："好，好，好，我背台词，现在，台词背完了，戏还要演下去，我是你的囚犯，我跟你走！"她骤然提高了声音，厉声说："走吧！"

她领先往客厅冲去，在客厅中，有样东西在她脚底一绊，她站立不稳，身子就向前栽去。他本能地伸出手，要去扶她。她一下子跳开了八丈远，声色俱厉地喊："不许碰我！你怎能去碰你弟弟的女朋友？我是林晓霜，你没有资格碰林晓霜！"

他凝视她，她拼命咬紧嘴唇，嘴角全是血渍。忽然间，他心跳气促，她那努力维持骄傲的样子触痛了他的神经，他耳中又响起她那半疯狂的陈述："我爱你！我爱你！我爱你！"如果她是真的呢？万一她是真的呢？他骤然就背脊发冷而额汗涔涔了。他对她伸出手去，苦恼而矛盾地低喊："丹枫！"

"我不是丹枫！"她冷冷地说，声调如寒冰与寒冰的撞击，清脆而幽冷，"我是林晓霜！"

他在她那幽冷的语气下震动了，他在她那负伤的眸子中震动了。如果她说的是真话呢？这"如果"使他的心绞紧了，痉挛了，可怕地翻腾痛楚了。他不自禁地把声音放柔和了：

"丹枫，你刚说的是真话吗？"他问，"你并没有对我背台词，你是真心的，是不是？你要了解，我现在是惊弓之鸟，我无法去相信……"

"你不用相信！"她大声说，跺了一下脚，眼泪夺眶而出，"我是背台词！我是！我是！我是！……"她一连串喊出几十个"我是"，"我练了几百年来背它！我背了几百遍使它流利！我的演技不坏吧！"她扬起头，"走呀！赶快让我投进江浩的怀抱里去！走呀！"她往前冲，脚下又是一绊，她伸手拾起地上的东西：碧槐的日记本！她握着日记本，全身猛地一震，眼光立刻发热而昏乱，她扬起头，脸上的愤怒一变而为恐惧与惊惶，她失神地盯着他，喃喃地说："你说，是我杀了姐姐？是我把她推进了地狱？是我毁了她？是我让她投入了火坑？……"

他悚然而惊，扑过去，他想抢走那日记本，他心跳气促，和她一样，变得恐惧而惊惶了。他急促地、口齿不清地说："还给我！丹枫，我想，我有些发疯了，发现你就是林晓霜，这打击使我发疯了，我们必须冷静下来，让我们好好地谈一谈！你休息一下，躺一躺，我不带你去见江浩了，你说得对，他还年轻，他会忘记林晓霜的！我不勉强你了！把日记本还给我，让我们两个都平静下来……"

"不！"她把日记本紧抱在怀中，挣扎着站稳身子，努力集中自己的思想，努力维持头脑的清醒，"你带了这些日记本来，以真相来交换我，你给我真相，要我给你林晓霜！我接受了你的条件，所以，你不许把日记本拿走！我跟你去见江浩！走吧！”

“不！”他苦恼地、急切地、矛盾地、烦躁地大喊起来，“不不不！我改变了主意，你不要去见江浩，我不要你去见江浩了！江浩的事，我们再想办法，你不要去见他！”

“你前后矛盾？”她说，“你逼我去见他，你绑架我去见他！而现在，你又不许我去见他了？为什么？”她扬着睫毛，眼光虽然森冷，却依然明亮。“因为我把我的底牌都揭穿了？因为我把我的自尊都抹杀了？因为我告诉你我爱你，所以你又想要我了？你不知道我是骗你的吗？你不知道我是背台词吗？你不知道我在演戏吗？”她往门口走去：“太晚了！江淮。我已经不是陶丹枫了，你强迫我变成了林晓霜！你甚至强迫我永远变成林晓霜，那么，陶丹枫已经死了，像陶碧槐一样死了，我是林晓霜！”她把手放在门柄上，要开门。

“丹枫！”他喊，他的手迅速地压在她的手上，他的眼光哀求地、痛楚地盯着她，他的声音里充满着压抑不住的热情和愁苦，“老天！你要我怎么办？我该怎么办？”他再也控制不住，他悲愤地高呼：“丹枫！我们的悲剧演得还不够多吗？”

“我明天回英国。”她忽然悄悄地说，声音低沉如梦。

“不！你不许回英国！我们的问题还没完，你不许走！”

“好，我去解决问题，我去见江浩，我闯的祸，我去收拾！”

她一下子打开了门。顿时间，她和江淮都傻了，都愣了，都呆得像木鸡一样了。门外，江浩正斜靠在那儿，脸色苍白而古怪，眼神悲愤而震惊。他像个石柱般靠在那儿，显然已经靠了很久很久。他们三个彼此看着，一时间，室内室外，都是一片死样的寂静。

时间不知道过去了多久，还是江浩第一个打破沉默，他对江淮看着，幽幽地说："对不起，大哥，我跟踪了你。我以为跟踪你会帮我找到——晓霜。"

"那么，"江淮小心翼翼地说，用舌尖润着那干裂的嘴唇，"你自始至终都在门外？你全听见了？"

"是的，我全听见了。"江浩苦涩而迷惘地说，望向丹枫。丹枫正披散着一头长发，惨白的脸庞上，血与泪混淆得一塌糊涂。她的眼睛睁得好大，里面却盛满了惊惶、恐惧、悲痛和难言的歉疚及懊恼。她对他伸出手去，可怜兮兮地、恍恍惚惚地、迷迷离离地说："江浩，我就是林晓霜！"

江浩往后退了一步，他认不清这满面凄苦的女人，这怎能是晓霜？他惊呼着说："大哥，抱住她，她要昏倒了！"

江淮及时伸出手去，一把挽住了她的腰，她滚倒在他的怀中，他把她平放在地毯上。她睁大眼睛，保持清醒，她并没有晕过去。她望着那两张同时对自己俯下来的头，望着那两对关怀而焦灼的眼睛，她眨动眼睑，泪珠扑簌簌地滚落，她啜泣着说："原谅我！我把所有的事情，都搅得乱七八糟！"

兄弟两人彼此对望了一眼，就不约而同地跪在她身边，又不约而同地伸出手去，要拭去她唇边的血渍。两人的手在她唇前相碰了，又都触电般地缩了回来，然后，两人就痴痴地，傻傻地对望着。终于，江浩跳起身子，回转头就往屋外冲去。江淮比闪电还快，也跳起身子，蓦地挡在他面前，把房门在身后碰上，他就靠在门上，死死地看着江浩。

"老四，"他哑声说，"你必须留下来，让我们三个人，平心静气地谈一谈。"

"你高估了我，"江浩也哑声说，"我的世界忽然天翻地覆了，而你居然叫我平心静气！"他眼圈发红，声音发堵，"让开！让我走！"

丹枫从地上爬了起来，她慢慢地站起身子，扶着沙发，她望望江淮，又望望江浩，她的脸色忧郁而愁苦，凄凉而落寞，她的身子摇摇晃晃的。兄弟二人又不约而同地想伸手去扶她，但是，才伸出手去，就又都缩回来了。江浩仔细地，长久地，痛楚地，悲哀地审视着她的脸，终于，他沉痛地问了一句："你到底是谁？我好像认得你，又好像不认得你。"

"你看过在林梢的雁子吗？欲飞不能飞，欲住不能住。"她回答着，就筋疲力尽地倒在沙发里，"你们都不用烦恼，明天就什么都结束了。明天，雁儿就飞了。杜甫有两句诗写得最好：明日隔山岳，世事两茫茫。"

第
十
五
章

　　三十分钟以后，江淮、江浩和丹枫三个就已经都坐在那套小巧的沙发里，静静地彼此对望着了。丹枫已去浴室梳洗过，洗干净了她那一脸的泪与汗，她的嘴角，由于牙齿磨破了嘴唇，始终在流血，而且肿了起来。她终于又换掉了那件牛仔裤和Ｔ恤，穿了件纯白色的、麻纱的家常服，宽宽的腰身上绑了根细带子，披散着一头如水如云的长发，她斜靠在沙发里。看起来，又单薄，又虚弱，又渺小，又飘逸，又不真实。

　　她沉坐在那儿，怀里紧紧地抱着碧槐的那些日记本，她默然不发一响。眼珠乌黑而深邃，像两泓不见底的深潭。她的脸色依然惨白，白得像她那件衣服，这面颊如此毫无血色，她唇边的一抹猩红就显得特别刺眼。她双手放在怀中的册子上，静悄悄地坐在那儿，像个大理石雕刻的圣像。她的衣袖半卷，露出那白皙的胳膊，在那胳臂上，全是刚刚和江淮争斗时，被抓伤撞伤的痕迹，青紫的瘀痕和擦伤都十分明显。她睫毛半垂，星眸半掩，眼光落在一个不知名的地方，思想似乎也已飘入了另一个星球。她有种遗世独立的意味，有种漠不相关的意味，还有种天塌下来也与她无关的意味……就这样坐着，不动，也不说话。

江淮毕竟是三个人里最先恢复理智的，他给每人都倒了一杯酒。丹枫这儿有的是各种酒。但是，丹枫碰也没碰，江浩也只勉强地啜了一口，就痴痴地对丹枫傻望着。江淮也在沙发中坐下来，燃起一支烟，他的手仍然不听指挥地在颤抖。他冷眼看丹枫和江浩两个，丹枫是沉浸在自己那不为人知的境界里，江浩却一脸的迷惘，一脸的困惑和一脸古里古怪的表情。

室内好安静，三个人各想各的，似乎都不愿先开口。这种安静是沉闷的，是令人紧张，令人窒息的。江淮已抽完了一支烟，他又燃起了第二支，淡淡的烟雾在室内轻缓地缭绕。江浩终于把目光从丹枫脸上收回来，他转头去看江淮，喃喃地说："大哥……"

正好，江淮也振作了，转头对江浩说："老四……"

两人这同时一开口，就又都同时咽下了要说的话。江淮吸了一口烟，说："你要说什么？"

"我不知道。"江浩坦白地说，迷惘更深地遍布在他脸上，他反问："你要说什么？"

"我？"江淮怔住了，"我也不知道。"

室内又静下去了。好一刻，兄弟二人又都不约而同地对看着，欲言又止。这样闹了好几次，那丹枫始终像个木头人，视若无睹，听而不闻，她只陷在她自己的世界里。终于，江淮再也熬不过去了，下定了决心，他抬头望着江浩，清清楚楚地喊了一声："老四！"

"嗯？"江浩凝视着江淮。

"我们打开窗子说亮话，你在门外已经听到我们全部对白，那么，你当然知道，我并没有骗你，世界上根本没有林晓霜这个人！"

"我知道了。"江浩对着自己的手指，狠狠地一口咬下去，立即疼得直甩手，他神情古怪地说，"居然会疼！那就不是做梦，我怎么觉得今天这种场面，好像在我的梦里发生过。"

"老四，你相信我，"江淮诚恳而真挚地说，"我今天所遭遇的打击和惊奇，绝不会比你少。"

"我知道，"江浩傻傻地点着头，"你是个好哥哥，你甚至要强迫她变成林晓霜。"

"但是，"江淮费力地说，"林晓霜这个人物是根本不存在的。"

"我知道，"他再重复地说着，注视着丹枫，"我看了她好久好久，我一直看她，她长得很像晓霜，相当像，可是，她不是晓霜。"

"那么，"江淮用舌尖润着嘴唇，觉得舌燥唇干，他喝了一大口酒，又喷出一大口烟，终于冲口而出地说，"你能不能放弃这个找寻了？"

江浩注视着江淮。"不是放弃与不放弃的问题，是不是？”他满脸的苦涩，却脑筋清楚地说，"你遗失了一件东西，可以去找寻这件东西，因为这东西存在着。你遗失了一个梦，你不能去找一个梦，因为梦是抽象的，是不存在的。我本来以为，我遗失了一个女孩子，现在才知道，我根本没有得到过什么女孩子，没得到也就无从失去。何况，世界上没有林晓霜，我那物质不灭原理根本就错了！"

江淮仔细地凝视着弟弟。"老四，你不是一个孩子了。"他感叹地说，"你懂得很多很多，你也体会得很多很多……"

"不。"江浩打断了他，"我根本不懂，我也根本不能体会！她既然不是林晓霜，那为什么要假扮林晓霜？好好的陶丹枫她不做，为什么要变成一片毛毡苔？你们口口声声提到报复，谁报复谁？为什么？你当了几年的'舞厅孝子'，去'孝顺'那个陶碧槐，难道还不够？她反而因此要报复你，这是什么哲学？我不懂，我完全不懂！"

丹枫一直坐在那儿，动也不动。对于他们兄弟二人的谈话，她好像始终没有听见，也好像这兄弟二人根本就不存在。可是，当江浩提到"陶碧槐"三个字的时候，她陡地震动了。似乎有什么冰冷的东西冰到了她，她浑身一阵战栗，头就抬起来了。目光投到江浩身上去了，仿佛现在才发现江浩，然后，她转头又看着江淮，她就把那些小册子紧捧在胸口，喃喃地说："你们为什么都在这儿？你们走吧！我不要你们在这儿！我要一个人，我要看碧槐的日记，你们走吧！"

江淮震动了，他紧张而仓皇地看着丹枫，看着她怀里的那些小册子，他试着要去取那日记本，丹枫立刻紧抱着本子，像负伤的野兽在保护怀里的小兽般，眼睛里又流露出那种疯狂的、野性的光芒。这神情刺痛了他，他不敢去碰那些本子了。他咬牙，他握拳……他站起来，绕屋行走，他又坐下去，死盯着丹枫。然后，他终于恳求似的开了口：

"丹枫，你听我说，你好好地听我说。你把日记本还我，我已经不要求你去扮演林晓霜了！江浩也已经弄清楚事情的真相，他不会恨你，也不会怪你……"

"大哥，"江浩冷冷地说，"你最好不要代我发表意见！"

"老四！"他懊恼地回过头去，愤愤然地说，"你是什么意思？"

江浩仰靠进沙发里，伸长了腿，他两手交握着放在胸前。忽然间，他就变成了一个沉稳的大人，一个坚定的大人。一个有主张，有见解，有思想，有气度的男子汉！他一瞬也不瞬地望着江淮，又掉头看看丹枫，他唇边浮起了一个古怪的微笑。点了点头，他缓慢地、口齿清晰地、有力地说：

"我已经冷静地分析过了，在这整个故事里，我是个莫名其妙的被害者！你们两个，每人肚子里有一本账，这本账我全不知道。而现在，还不是你们面对真实的时候吗？还不是你们公布真相的时候吗？你们即使还要继续演戏，继续去保有你们的秘密，我这个莫名其妙的被害者，也该有权知道我为什么会成为你们之间的牺牲品！"

"老四，"江淮蹙紧了眉头，"回家以后，我们有的是时间来谈，现在，不是谈这件事的时候！"

丹枫看看他们，她脸上有种被惊扰了之后的厌倦。她低叹一声，就低下头去，翻开了第一本日记，她似乎准备把这兄弟二人当成不存在，要去径自进行自己的工作了。江淮跳起来，用手压在那文字上。丹枫惊愕地抬起头，她接触到江淮深沉的、苦恼的、痛楚而热情的眸子。这对眼睛那样痴痴地、切切地、哀恳似的看着她，里面燃烧着两小簇热烈而阴郁的火焰。这眸子立刻把她从那沉浸在海底的意志唤醒了，立即就绞痛了她的神经，融化了她心底的冰层。她讷讷地、挣扎地说：

"你要干什么？你一定要对我用暴力吗？"

"不，不。"他一迭连声地说，"不对你用暴力，再也不对你用暴力。只是——请求你在看日记以前，先听我说。"他回头看看江浩。"老四是对的，你们都有权知道这个故事，既然一切已发展到这样恶劣的局面，我势必不能再保密下去。丹枫，我把我和碧槐的故事全讲给你听，听完了，你再到日记里去求证。但是……"他倒进沙发中，仰首看着窗外，"我曾经发誓不说这个故事，不论有多少谣言，多少揣测之词，多少恶言中伤，我发誓过不说这故事，未料到人算不如天算！"他长长地叹了口气，自语似的低低地说了句："碧槐，请原谅我！我不得不说了。"

丹枫注视着江淮，她眼睛里顿时闪过一抹光芒，就立即有了生气，有了感情，有了力量。她不再像个石雕的圣像了。她坐正身子，端起那杯酒，浅浅地啜了一口。她的眼光生动地、柔和地、梦似的停驻在江淮的脸上。

"事实上，"江淮没有看她，他燃起一支烟，他的眼光停在那烟蒂的火光上。"我和碧槐的故事，前一半一点也不稀奇，那是个很普通的、典型的恋爱故事，一个大学生碰到另一个大学生，几乎是一见钟情，在三个月内就山盟海誓，难舍难分了。我和碧槐是在夏令营里认识的，她文雅，纤细，多愁善感，写一手好诗词，精通中国文学，她多才多艺而弱不禁风。当时，为她倾倒的大学生大有人在，追她的男孩子数不胜数，她在那芸芸众生的追求者中，独独选中了穷无立锥之地的我，简直使我像飞在云雾里一般。她和我谈诗词，谈绘画，谈人生，谈梦想，谈爱情……哦，我简直为她疯狂了。"

他吸着烟，烟蒂上的火光一闪一闪的。江浩和丹枫都不说话，他们的眼光都盯着他，他沉溺在遥远的过去里，那"过去"显然刺痛了他的神经，他微蹙着眉，眯起眼睛，望着那向空中扩散的烟雾。

"那时候，碧槐是单身在台北，无依无靠，我也是，两个单身的年轻人，彼此慰藉着，我们曾经有过一段好美好美的生活。相交既深，碧槐开始谈她的家庭，谈她早逝的父亲，谈她改嫁的母亲，谈她那最最最最可爱的小妹妹！她常说，丹枫上飞机以前，曾经哭着抱紧她喊：姐姐，不要让我跟他们走，我要跟你在一起！姐姐，留住我！留住我！留住我！她每次叙述，都泪流满面，我把她抱在怀里，她哭得我的衣襟全都湿透了。"

丹枫眼中浮起了雾气，她的视线模糊了，喉中哽住了，端着酒杯，她望着杯中那红色的液体发愣。

"我从没遇到比碧槐更多情，更恋旧，更多愁善感的女孩，我们的欢乐结束在我去受军训的时候。我受完军训，碧槐应该念大三，但是，她竟白天上课，晚上到一家舞厅去当舞女！我找到她，我们之间发生了剧烈的争执，她拿出一封信给我看……"他转过头来，望着丹枫，苦涩而酸楚地说，"亲爱的丹枫，你那时的信，就写得和现在一样好！那是一封一字一泪，一句一泪，一行一泪的信，你历数了在国外的辛酸，继父的冷漠，生母的无奈和你前途的茫然。我现在还记得你信中的几句话，你说：姐姐，我才十七岁，已经面临失学之苦，在学校中，老师们都说我有语言和戏剧的天赋，我也做过梦，要念戏剧，要念文学，要念艺术。但是，下个月，我会去酒吧里当兔女郎！亲爱的姐姐，你不会懂得兔女郎是什么，我在出卖早熟的青春，和我很东方的'东方'！我把我所有的梦想都埋葬起来，姐姐，再相逢时你不会认得我，你那清纯的、被你称为小茉莉花的妹妹，到时候将是残枝败柳了。亲爱的姐姐，当初你为何不留下我来？我宁可跟着你讨饭，也不愿在异国做洋人的玩具！"他停了停，盯着丹枫说，"我有没有记错？你是不是这样写的？"

丹枫闭上了眼睛，两滴泪珠从眼眶中溢出来，沿颊滚落，跌碎在衣襟上。

"丹枫，"江淮叫了一声，"我永远不了解，你们姐妹之间，怎可能有如此深厚的感情？碧槐为了这封信，毅然下海，她告诉我，她卖舞而不卖身，她说她会继续念书，她说舞女也有极高的情操……她用种种理由来说服我，让我允许她伴舞，我一直摇头，一直不肯，她急了。她对我说：'我已经写信告诉丹枫，我的男朋友是个富翁，可以接济她的学费，如果你不许我伴舞，除非你筹得出她的学费！'这话使我发疯了，我拼命工作，埋头工作，一天工作十八个小时！可怜，我那小小的出版社连我自己都养不活，怎能负担每学期两千英镑的学费！"

他再度停止了，拼命地抽着烟，满房间都是烟雾腾腾了。他望着那些烟雾，脸色阴沉而凄凉，声音却变得非常平静了。

"于是，碧槐下了海，三个月后，她干脆退了学，因为她的功课一落千丈，而长久的夜生活使她白天精神萎靡。她不再是陶碧槐，她不再是个单纯的大学生。在舞厅里，她很快学会了抽烟，喝酒，以及和男人们打情骂俏。她成了曼侬。正像曼侬·雷斯戈一样，她为钱可以牺牲。开始，是有限度的，陪客人吃吃宵夜，她还坚守着最后的清白。但是，这种'坚守'使她的收入有限，然后……"他忽然抬起头来，熄灭了烟蒂，他目光锐利地看着丹枫，"丹枫，你还要听吗？你真的要听吗？"

她浑身通过了一阵战栗，她的眼珠黝黑得像黑色的水晶，脸色却像半透明的云母石。她哑声说："是的，我要听！我要知道，我的学位到底是建筑在什么上面的！"

"好吧，我说下去！"他咬咬牙，再燃起一支烟，"那时，我的生活已经陷在一片愁云惨雾中，白天，我拼命地工作，晚上，我就守在舞厅里，看她向不同的男人投怀送抱。这种生活使我发疯发狂，我们常常吵得天翻地覆，愤怒极了，我就骂她的伴舞并不是为了妹妹的学费，而是为了自己的虚荣！这样，我们彼此折磨，彼此伤害，彼此疯狂般的怒骂之后，又在眼泪和接吻中和解。我们的生活成了一种恶性循环。永远是争吵，绝交，和解。每次和解后，我们就更亲爱，更痴情，更难舍难分。但是，我这些愤不择言的话毕竟伤了她的心，她开始变得自卑了，变得泄气了，变得没有信心而且自暴自弃了。她甚至叫我离开她，叫我另外去找对象，她说她渺小如草芥，如墙角的蒲公英……她说她配不上我。"他的声音低沉了下去，停止了。

好一会儿，室内只是静悄悄的，丹枫握着酒杯，把双腿蜷在沙发上，她整个人都蜷缩在那儿，像一只受惊的小昆虫，江浩是听得发呆了，这故事，有一部分是他知道的，但他绝未料到故事的后面，还藏着更多的故事。

"如果我少爱碧槐一点，"他又说了下去，"或碧槐少爱我一点，我想，我们都会幸福很多。不幸，我们都那样深爱彼此。那时，我的出版社已好转一些，整日接触的都是名作家、文人及社会名流。这并没有使我的经济环境有丝毫改进，却让我的社会地位在无形提高。这使碧槐更自卑了，她开始强迫我离开她，强迫我去找寻自己的幸福。我不肯，为了证实我不在乎她的身份，我每晚都去舞厅盯着她。为了要阻止我的痴心，她就每晚折磨我。她故意和别人亲热，故意当众嘲笑我，故意侮辱我，故意伤害我……我忍耐着。因为，只有我了解，当她在折辱我的时候，她自己的痛苦更远胜于我。这样，舞厅给了我一个封号，叫我'火坑孝子'，我成为整个舞厅里的笑柄。"

他又停了，低着头，他一口又一口地抽着烟，烟雾后面，他的脸庞变得朦朦胧胧。

"当然，我们偶尔也会有欢乐的时候，每当远从英国寄来一封感激的信，每当收到那贵族学校的一张成绩单，证明那小妹妹确实品学兼优，确实力争上游。那时候，碧槐会开心得像个孩子，她搂着我的脖子又笑又跳又叫，她吻我，用几千种亲爱的名称来呼唤我，使我在那一刹那间觉得所有的委屈，都值得。那时，我已把我能拿出来的每一分钱都拿出来了。但是，远在英国的小妹妹开始实习了，开始彩排了，服装、道具、化妆品……都来了。碧槐写了无数的信：没关系，丹枫，我们很有钱，你未来的姐夫已名利双收……名利双收？我那时依旧是两袖清风，我们聚集了每一分钱，生活越来越拮据。而碧槐在舞厅里，也不能没有服装，没有打扮。何况，那时，碧槐经常借酒浇愁，已经有了酒瘾。于是，有一夜，她来找我，我们相对喝酒，都喝了八成醉，她说，'江淮，在我还干净的时候，把我拿去吧！我愿意完完全全属于你，哪怕是一夜也好！'我们碰了杯，喝干了酒，她成为了我的。完完全全成为了我的。"

他熄灭了烟蒂，端起酒杯，一饮而尽。他的眼光更蒙眬了，他的声音更低沉了，他的脸色更黯淡了。

"谁知道，从这一夜开始，她不只是我一个人的了。为了钱，她可以出卖自己，她并不隐瞒我，她说：'我是曼侬·雷斯戈，你不可能要求曼侬忠实！'但，我是真的快发疯了，我几乎要打电报到伦敦去拆穿一切，碧槐知道我的企图，她一直能知道我心中最纤细的思想，她说，假若我这样做，就等于谋杀她。因为她一切都毁了，可是她还有个优秀的妹妹！她虽成为残花败柳，而那妹妹仍然是朵洁白无瑕的小茉莉花！我能怎么办？我能做什么？假若那时我可以抢银行，我想，我一定也抢了！我没抢银行，我没抢珠宝店，我没抢金库，我拼命去办我的出版社，咳！"他叹息，声音哽塞，"百无一用是书生！"

丹枫闭上了眼睛，她的头仰靠在沙发背上，泪珠浸湿了睫毛，润湿了面颊。好半天，她睁开眼睛来，那眼珠清亮如水雾里的寒星。她静静地看着他。

"这时期是我们真正悲剧的开始。婚姻是谈不上了，我即使可以不管家里的看法，碧槐也不肯嫁给我。那时，我的两个妹妹已经知道碧槐的身份，无数最难堪的情报都传到台南家中，我成了家庭的罪人，成了不可原谅的败家子，成了堕落的青年，甚至是家族的羞耻。碧槐又重申旧议，她要我走，要我离开她，软的，硬的，各种她能用的手段她都用过了。我每晚坐在那儿，看她和男人们疯狂买醉，看她装腔作势，对每个人投怀送抱。她给那些男客起外号，拿他们耍宝，而那些男人，仍然对她鞠躬尽瘁。"他抬起头，望着丹枫，"记得吗？有一晚我和你在罗曼蒂吃牛排，有位客人就把你误认成碧槐——不，不是碧槐，误认成曼侬，而和我打了一架，他也是碧槐的客人。"

丹枫深吸了口气，一语不发。

"我那时候已经豁出去了，我看出一种倾向，碧槐是真的在堕落，她的目的已经不是单纯地要赚钱给妹妹，事实上，在她死前那段时间里，我和她加起来的收入，已经足可以应付伦敦的学费了。她不必那样一再出卖自己，我后来分析，她是完全自暴自弃了，而且，她希望由她的自暴自弃使我对她死心而撤退。我狠了心，我不撤退，我摆明了不撤退，我等着，我想，那小妹妹总有学成的一天，到时候，她还能有什么借口？我等着，然后——"他的声音低了下去，哽住了。

他端起了酒杯，已经空了。江浩把自己的递给了他，他啜了大大的一口，眼睛望着窗子，暮色正在窗外堆积，并且，无声无息地钻进室内来，弥漫在室内的每个角落里。

"然后——"他幽幽地说了下去，"有一天，碧槐告诉我，她怀孕了。说真的，我当时就吓住了，我问碧槐，谁是父亲？她坦白地说，可能是别人，也可能是我！咳！我不是圣人，我记得，我当时的答复是，最好的办法是拿掉他！那天碧槐哭了，我发誓，我并不知道她会想要这个孩子。第二天我陪她去看医生，医生告诉我，碧槐的心脏不好，这孩子留也是危险，拿也是危险！我们又都呆了，这时，碧槐忽然兴奋起来，她说：'孩子可能是你的，咱们留下他吧！'我没说话。老天，那时我是何等自私！我忍受过她各种不忠的行为，却不愿承认这个来历不明的孩子！我的沉默使她不再说话了，堕胎的事也就搁置下来。而碧槐从此夜夜醉酒，每晚，她必须靠安眠药才能入睡。这样，有一夜，她已经喝得半醉，她用酒送安眠药，大约吃了五六粒之多。吃了药，又喝了酒，她说，她突然想见我，她从她的公寓走出来，有一辆计程车撞倒了她。"

他再度停止，用手遮着额，他整个面孔都半隐在苍茫的暮色中。

"她被送进了医院，"他深吸了口气，再说下去，"我赶到医院的时候，她的情况并不很坏，她几乎没有受什么外伤，只是，医生说，他们必须取掉她腹内的孩子，因为那孩子已经死了。碧槐躺在急救室里，她还对我说笑话，她说：'你不要这个孩子，他就不敢来了！这样最好，将来，我给你生一个百分之百纯种的！'他们把她推进手术室，手术之后，医生叫我进去，告诉我说，她撑不下去了，她的心脏负荷不了这么多。我在手术室看到她，她仍然清醒，脸色比被单还白。她握住了我的手，对我说：'我一生欠你太多，但是，江淮，你今天在我床前发誓，答应我两件事，否则我死不瞑目。'我答应了。她说：'第一，不要用妻子的名义葬我，我不要玷污你的名字。第二，无论在怎样的情形下，别让丹枫知道我的所作所为以及死亡原因，告诉她，她的姐姐很好，是大学里的高材生，告诉她，她的姐姐纯洁而清白，一生没做过错事！'我答应了，我跪在她的床前发了誓，最后，她说了句：'你要让她完成学业！'就没再开过口。早上，她去了，死亡原因是'心脏衰竭'。"

他把杯中的酒再一仰而干，转过头来，他正视着丹枫，阴郁地、低沉地、一口气地叙述下去："这样，我葬了她。然后，我陆续听到传言，她的同学们开始盛传，她是自杀的。

当初，她化名曼侬当舞女，同学们并不知道。她突然死亡，传出各种谣言。在校中，我和她曾是公认的一对。大家都说，因为我移情别恋，爱上了一个舞女，所以，碧槐自杀了。我帮助这传言的散布，我想，这传言总比真实的情况好得多。可是，也有些真情泄露了，关于她的死因，我自己就听过四种传说：自杀、撞车、心脏病和堕胎。"

他把空酒杯放在桌上，盯着丹枫，眼光在暮色中闪闪发光。这长久而痛苦的叙述刺激了他，他的语气不再平静，像海底潜伏的地震，带着海啸前的阴沉和激荡："好了，丹枫，你逼我说出了一切！你逼我违背了在碧槐床前发下的誓言！你逼我说出了这个最残忍的故事。你来了！你来报复，你认为我是杀碧槐的凶手！你听信了那些传言，那些由我自己散播过的传言！你知道吗？当你全身黑衣，出现在我面前，轻颦浅笑，半含忧郁半含愁，你宛然就是碧槐的再生，我怎样都无法把你看成敌人。对碧槐的记忆犹新，你自身的优点又使我惊奇，使我崇拜，使我带着崭新的喜悦和狂欢来接纳你，我从没想过你会来报复！对碧槐，我的思念超过了负疚，如果说是我杀了碧槐，只因为我太爱她！事后，我也常想，假若我当初听了她的话，真的去另寻所爱，会不会反而救了她？但是，你怎能控制自己的情绪，你怎能说爱就爱，说不爱就不爱？爱情毕竟不是一个开关，可以任由你要开就开，要关就关！是的，或者是我杀了她，我用我的爱情杀了她！但是，丹枫，"他直视着她，喉咙沙哑，"你带着一身的诗情，一身的轻愁，踏着那冬日的愁情走进我办公室的一刹那，就已经征服了我！我从没想过，那个我们辛苦培育长大的小妹妹，会怀着利剑而来。我对你来说，是一座不设防的城市，你很轻易就攻进了我的内心深处，使我立刻不能自拔！我现在还清楚地记得，那第一个晚上，也就在这间屋子里，你对我说：'我不想再飞了，我好累好累，姐夫，请你照顾我！'你知道吗？你一下子就把我打倒了，捉住了，我在那一刹那间就为你神魂颠倒了。现在回想起来，我真傻！你从一开始就在跟我演戏，是不是？"他的声音蓦然提高了，憔悴的面颊上充血了，他的眼睛发红，呼吸沉重，声音强而有力，"你说！是不是？你一直在玩弄我，你眼看我掉进你的陷阱，眼看我为你痛苦，为你疯狂，你一定在拍掌称快了，是不是？你从第一天就在演戏，就在背台词，是不是？"他越喊声音越高，激动使他额上青筋跳动。

丹枫更深地蜷进了沙发深处，暮色里，她一身白衣，缩在那儿，像一团软烟轻雾。但，在那团软烟轻雾中，她的面色依旧清晰，她的眼睛依然明亮。她迎视着他的眼光，她没有逃避，也没有虚饰，她坦白而清楚地说："是的，我第一天就在演戏！我排练了很久才去见你，我想过了各种可能遇到的挫折，而一切，却进展得意外顺利！"

"哈哈哈！"他忽然大笑起来，一直维持的平静在刹那间就消失无踪，他笑得凄厉而悲苦，"意外顺利！我这呆子在两年生死相隔的悲痛里，忽然复苏，立即掉进别人的陷阱！哈哈！老四，你说对不对，我是被魔鬼附身了！"

江浩站起身来，他茫然地看看江淮，再看看丹枫，他终于懊恼地开了口："我懂了，在这幕戏里，我只是个莫名其妙的配角！"

"你错了，老四，"江淮大声说，"你是主角！她以为我杀了碧槐，她存心是要杀你！杀了你让我痛苦，杀了你使我陷入永劫不复的地狱！于是，她变成了林晓霜，她早就摸清楚了你的脾气，你上课下课的时间，你的生活，你的爱好，你的个性……她投其所好，为你塑造出一个大胆的、放肆的、刁钻古怪的林晓霜！她要玩弄你，要让你为她痴情到底，然后再让你去尝失恋的痛苦……她安心要置你于死地！最好，你自杀，就像她所听说的，碧槐为我自杀一样！那么，她的报复就百分之百地成功了！"他直问到她脸上去："我说得对吗？"

她被动地点点头，简单地答了一个字："对！"

江浩凝视着她，夜雾中，她的面容姣好柔美，朦胧如梦。他却不自禁地打了个冷战，这不是晓霜，不是他认得的任何一个女人。她陌生而遥远，像个迷途的、失群的孤雁。

"那么，你为什么忽然放弃了？"他问，"什么因素让你心软了？你知道真相了？"

"在今晚以前，"她幽幽地说，"我从不知道真相，每个人给我一个不同的故事，我始终无法把它们拼凑起来。现在，我懂了。"

"你懂了！"江淮大声地说，火焰在他的眼底燃烧，"你逼我违背了誓言，你逼我说出了真相！你聪明，你厉害，你使我们兄弟两个都痛苦万分！你赢了，我输了，彻彻底底地输了！现在，你可以看碧槐的日记了，那里面记载了她全部堕落的经过，我曾想把这些日记焚毁在她的墓前，幸好我没有这样做！我本不愿意你读到这些日记，因为，它绝不是优美的诗章，而是残酷的人生！我不愿意它破坏了你对碧槐的印象，我更怕它伤害了你！我宁愿你把我看成罪人，而不要伤害你！哈哈，我太天真了，是吗？现在，我希望你读它了……"他的呼吸急促，眼睛血红，一丝报复的、受伤的惨笑，狰狞地浮上了他的嘴角。"你读吧！慢慢地读吧，慢慢地欣赏吧！希望你看得心旷神怡，我不再打扰你了！"他站起身子，挥手叫住江浩，"老四，咱们走吧！"

丹枫继续坐在那儿，她又成为了一座雕像，她一动也不动，眼光迷迷蒙蒙地投向了一片虚无。江浩怔了怔，望着她，他欲言又止，欲去还留，江淮大叫了一声："老四！你还在留恋什么？这个女人是个复仇天使，一个演戏专家，一个刽子手！她并不是你心目中的林晓霜，你难道不知道吗？你此时不走？还等什么？"

"大哥，"江浩犹豫着开了口，他的眼光一瞬也不瞬地停在江淮脸上，"你爱她，是不是？你刚刚还希望她不要看这些日记，不要追踪这个故事！你爱她！是不是？你曾经要我不恨她，而你却恨起她来了！"

"爱她？"江淮惨笑，"我为什么要爱她？爱一个对我演戏的女人？是的，我爱过她。仅仅今晚，我已经在爱与恨中，打过好几个滚了！不！现在，我恨她！恨她逼我说出这个故事！恨她欺骗我，玩弄我，向我背台词玩手段！恨她捉弄我的弟弟，恨她自以为聪明！不，老四，我不爱她，我恨她！"

丹枫战栗了一下，仍然一动也不动，仍然像一团软烟轻雾。

"走吧！"江淮再大喊一声。

他们走出了房间，砰然一声关上了房门。这关门的声音震动了她的神志和思想，她慢慢地低下头来，把面颊埋在那堆日记本中，迅速地，日记本的封面就被泪水湿透。她就这样匍匐在那儿，蜷缩在那儿，一任夜色来临，一任黑暗将她重重包围。

第十六章

黎明来临了。

曙色逐渐地染白了窗子，一线刚刚绽出的阳光，从玻璃窗外向内照射。逐渐越过了桌子，越过了沙发，投射在丹枫那半垂的长睫毛上。丹枫像从个深幽的、凄冷的梦中醒来。抬起头，她茫然地看着那被晓色穿透的窗子，心里恍恍惚惚的。她几乎不相信自己就这样坐了一整夜。一整夜？怎么像是几百年？昨日所有发生的事情，都遥远得几乎不能追忆了，只有那内心的刺痛与时俱增，越来越压紧了她的心脏，越来越刺激着她的神经。过分的刺痛反而使她麻木，她觉得自己像个没有五脏六腑的人物——一个中空的木雕。

终于，她把腿从沙发上移到地上，她试着站起来，整个人都虚弱而发软，她几乎跪倒在地毯上。由于她这一移动，怀里的那些日记本就滚落下来，跌在地毯上面。她低头看着那些日记，奇怪，她从回到台湾，就在追查这些日记本，而现在，她抱着日记本在这儿坐了一夜，居然没有打开过任何一本！她低头看着，看着，看着，迷惘中，似乎又听到江淮的声音，在撕裂般地吼叫着：

"去读那些日记！去读那些日记，希望你读完之后，不会后悔！"

她靠在沙发上，对那些日记本足足看了五分钟。然后，她弯下腰去，把它们一本本地拾了起来，在门边，江淮带它们来的那个口袋还在那儿，她走过去，拿起口袋，她开始机械地把这些日记本，一本一本地装回那口袋里。然后，她拎着口袋，侧着头沉思，模糊中，觉得今天有件很重要的事要做，是什么？为什么她脑中一片混乱？胸中一片痛楚？是了！她忽然想起来了，她的飞机票！是今天的飞机，将飞回英国去！"雁儿雁儿何处飞？千山万水家渺渺！"她苦涩地低吟了两句，喉咙喑哑得几乎没有声音。

她拎着口袋，像梦游般走进了卧室。卧室里一片凌乱，收拾了一半的箱子仍然摊开在床上，而那些衣服早被江淮拖出来散了一地，包括被他撕碎了的，包括那件染了血迹的T恤，这卧室像是刚发生凶杀案的现场。凶杀案？黑天使飞来报仇，黑天使却被杀死了。她瞪视着那些散乱的衣物，依稀仿佛，自己已经被砍成了七八十块，砍成了肉酱……是的，死了！陶碧槐死了，林晓霜死了！陶丹枫呢？她凄然苦笑，陶丹枫也死了。她的心碎了，她的魂碎了，她的世界碎了！她焉能不死？是的，陶丹枫也死了。

她把口袋放在床上，走到梳妆台边，她打开抽屉，取出自己的护照、黄皮书和飞机票。她检视着机票，下午四时的飞机，经香港飞伦敦！下午四时，她还有时间！走回床边，望着那些散乱的东西，望着那口箱子，她该整理行装。整理行装？她甩了一下头，整理行装干什么？能带走的，只是一些衣服！她失落的，又何止是一些衣服？已经失去了那么多的东西，还在乎一箱衣服吗？

她打开皮包，把护照、飞机票、黄皮书……和一些有限的钱，都收进皮包里。站在梳妆台前，她审视着自己，苍白的面颊，受伤的嘴角，失神的眼睛，疲倦的神情，消瘦的下巴……她低叹一声，打开粉盒，她拿起粉扑。心里有个小声音在说：

"士为知己者死，女为悦己者容。你预备为谁画眉？为谁梳妆？"

她废然长叹，抛下了粉扑，带着皮包，拎着那重重的口袋，走出了卧室，走出了客厅，再走出了公寓。

三十分钟以后，她已经站在碧槐的墓前了。她望着墓碑上那简单的字。"陶碧槐小姐之墓"，许久以来，她每次站在这儿，就为碧槐叫屈：别人的墓碑上，都写满了悼念之词，唯独碧槐，何等孤独寂寞！而今天，她才第一次理解，这墓碑上，不适合再写任何的文字，一个人活着时，不易为人了解，盖棺后，又有几人能够定论？她痴痴地站在那儿，痴痴地望着那墓碑。朝阳正从山谷中升起，正好斜斜地射在那墓碑上，她耳边，又响起江淮的怒吼：

"你这个傻瓜！你这个疯子！你这个莫名其妙的混蛋！

杀你姐姐的是你自己！你那该死的贵族学校，你那该死的生活费！……报复吧！你报复吧！是你把她推入了火坑！是你使她陷入了万劫不复的地狱！是你把她推向了毁灭！你报复吧！你报复吧……"

她双腿一软，就在那墓碑前跪了下来，把额头抵在那冰冷的墓碑上，她辗转地、痛苦地摇着头，低低地、悲痛地轻声呼唤："碧槐，你何苦？你何苦？你何苦？"

墓碑冷冷的，冰冰的。坟场上空空的，旷旷的。四周只有风穿过树隙的低鸣。她抬起头来，跪在那儿，她打开了那个口袋，倒出那五本日记本，自始至终，她从没有阅读过任何一页。从皮包里取出了打火机，她开始去点燃那日记本。可是，那厚厚的小册子非常不易燃烧，她弄了满坟场的烟雾，却始终烧不着那些本子。于是，她开始一页一页地撕下来，一页一页地在坟前燃烧着。望着那火焰吞噬掉每一页字迹，她喃喃地低语：

"去吧！姐姐。我烧掉了你的过去。以后，再也没有人来追踪你是怎么死的。去吧，姐姐！你墓草已青，尸骨已寒，但是，你的灵魂会永远陪着我，你的爱心也会永远陪着我！我已一无所有，我只有你了，姐姐！"她再焚烧一页纸张，火光映红了她的脸，她又低语，"碧槐，你那小妹妹怎么值得你用生命和爱情来做投资？姐姐，告诉我，给我一点启示，从今往后，我该何去何从？"

没有回答，没有启示。她叹息，再叹息，低着头，她虔诚地焚烧着那些纸张。

老赵被火光吸引，从他的小屋里走出来了。他蹒跚地、佝偻地走了过来，低头望着那如痴如呆、失魂落魄地焚烧着纸张的丹枫。他愕然地说："陶小姐，你烧的是什么？不是纸钱啊？"

"纸钱？"丹枫抬起头来，眼眶湿湿的，她盯着老赵。"她生前已经做了金钱的奴隶，死后，她不会再有这个需要了。谢谢老天，她不会再为钱发愁了。"

老赵困惑地皱起眉头，大惑不解地看着她继续烧那些纸张。看了好半天，他才愣愣地说：

"陶小姐，你今天没有带花来啊？"

一句话提醒了丹枫，她望着老赵。

"老赵，你说，在山脚下有一大片蒲公英？"

"是啊！"

丹枫拿出两百元，塞进他的手里，说：

"你去帮我采，好吗？越多越好，拿个篮子去装！"

老赵错愕地接过了钱，心想，女孩子都是稀奇古怪的。转过身子，他一语不发地，就拿了个除草的大箩筐，向山下蹒跚地走去了。

丹枫继续烧她的纸张，烧完了一本，她开始烧第二本，烧完了第二本，她开始烧第三本，这是个缓慢而冗长的工作，她跪得膝盖疼痛。于是，她席地而坐，盘着双腿，继续去烧那些日记。老赵采了一整箩筐的蒲公英来了，丹枫要他把箩筐放在一边，她就依然埋头做自己的工作。老赵看了一会儿，觉得实在枯燥而乏味，就叽咕着走开了。

从早上一直忙到中午，丹枫总算烧完了那五本日记。最后，她手里拿着仅余的一页，正预备也送到那火焰上去，她却突然住了手。有个念头在她心中闪过：她已经烧掉了碧槐五年间的记录，这是仅有的一页了。她是否可以看看这页的内容呢？事实上，这页既非第一本里的，也不是最后一本里的；既不是哪一本的第一页，也非任何一本的最后一页，这只是千千万万页数中，碰巧留下来的一页。她握着这张纸，沉思良久。然后，她把纸张铺平在膝上，恭恭敬敬地坐在那儿，带着种虔诚的情绪，开始阅读：

今天，为了那个老问题，我又和江淮怄上了。整晚，我想尽了方法折磨他。我和胖子跳贴面舞，和瘦子在舞池中接吻，最后，我和阿金出去吃宵夜了。阿金买了我整晚的钟点。

回到公寓，已是黎明，谁知，江淮却坐在房里等我，他什么话都不说，只是苍白着脸，用那对憔悴的眸子瞅着我，他一动也不动地瞅着我，瞅得我心都碎了。于是，我对他跪下来，哭着喊：

"你饶了我吧！世界上的女人那么多，比我好的有成千成万，你何苦认定了我？你难道不知道我已非昔日的我，残花败柳，对你还有什么意义？"

他把我的头抱在他怀里，还是什么话都不说，然后，他也跪下来，他吻我的眼睛，我的鼻子，我的嘴唇……他使我那么昏乱，那么茫无所措，那么心酸，我主动给了他几千几万个吻。然后，他说：

"弱水三千，我只取一瓢饮！"

我望着他，我的心碎成了粉末，我的意志像飞散的灰尘，简直聚不拢来。我喊着说：

"老天可怜我，请为你再塑造一个全新的我吧！一个干净的、纯洁的、纤尘不染的我吧！让那个我服侍你终身，让那个我做你的女奴！如果世界上有第二个我！江淮、江淮，"我忽然兴奋了，我大喊大叫着说："说不定世界上有第二个我！比我漂亮，比我有才气，比我纤小，比我逗人怜爱……我叫她小茉莉花！江淮，你愿意去英国吗？"

他粗鲁地推开我，踏着黎明的朝露，他孤独地走了，我在窗口看着他，他的影子又瘦又长又寂寞，我在视窗跪下了，从没有一个时候我这么虔诚，我双手合十，仰望天空，诚心诚意地祷告：

"上帝，怜他一片痴情，给他第二个我！这样，我将死亦瞑目！"

这页记载到此为止。不知怎的，丹枫忽然觉得那中午的阳光都带着森森的凉意了。她烧了几千几万张纸，怎会单单留下这一张？她觉得背脊发凉，舌尖发冷，喉中发紧，心中发痛……她握着纸的手，不自禁地簌簌抖颤起来。她已经决定烧毁她所有的日记，为什么又单单看了这一张？她的头昏昏而目涔涔了。她望着碧槐的墓碑，那简简单单的墓碑，那干干净净的墓碑。她就这样瞪视着那墓碑，发痴般地瞪视着那墓碑。依稀仿佛，她好像听到一个幽幽的歌声，绵邈地，遥远地，荡气回肠般地唱着：

> 灯尽歌慵。
>
> 斜月朦胧。
>
> 夜正寒、斗帐香浓。
>
> 梦回画角，细语从容。
>
> 庆相逢，莫分散，愿情钟！

她全身一震，这歌声那么熟悉！她曾经在哪儿听过！是的，有一夜，她梦到碧槐，碧槐就唱着这支歌。现在，又是碧槐在唱吗？不不，她望着墓碑，深深体会到，这歌来自她自己，是她的内心深处在无声地唱着，在下意识地重复着碧槐的歌。可是——她一跳，她想起那最后几句歌词。原歌词是："恨相逢，恨分散，恨情钟。"而现在，自己竟将它改成了："庆相逢，莫分散，愿情钟！"这是什么意思？这是什么心理？她茫然地、心惊肉跳地分析着自己。于是，她听到内心有个小声音在喊："不回英国！不回英国！不回英国！"接着，有个大声音在喊："我不要离开他！我不要离开他！我不要离开他！"接着，这些小声音和大声音全汇成一股巨浪，在那儿排山倒海般对她压过来，这些巨浪是单纯的两个字：

"江淮！江淮！江淮！"

她跳起身子，才发现手里还握着那张纸，而坟前那堆燃烧过的纸张都已化成了灰烬。略一沉思，她打着了火，把这最后一张也烧了。然后，她弯腰拿起那些蒲公英，开始慢腾腾地，把整个坟墓都用那黄色的花朵铺满，终于，她撒完了最后一朵花，在那墓前，她再伫立片刻，心中模糊地想着机票、英国和江淮。

江淮！这名字抽痛了她的心脏，抽痛了她的意志。她不自禁地、清楚地想起江淮昨晚临行前的话：

"……现在，我恨她！恨她逼我说出这个故事！恨她欺骗我，玩弄我，对我背台词玩手段！恨她捉弄我弟弟！恨她自以为聪明！不，老四，我不爱她，我恨她！"

她不寒而栗，皮肤上都起了一阵悚栗。她凄楚地、苦恼地低下头去，自语着说：

"不，姐姐，我弄糟了一切！不是我不肯留下来，是他不再要我！我几乎得到他了，但是，又失去了。"

她不能再停留了。时间已晚，她要赶到机场去办手续。她对那坟墓再无限依依地投了一瞥，就毅然地回转身子，大踏步地走了。

然后，她在心韵喝了一杯咖啡，吃了一客三明治，到这时，她才发现自己已经两天两夜没有吃东西，才发现自己虚弱得随时都会昏倒。坐在心韵那熟悉的角落里，她突发奇想，有一次江淮曾经在这儿找到她。历史可不可能重演？于是，她依稀仿佛，觉得每个走进来的男客都是江淮，但，定睛一看，又都不是江淮！失望绞痛了她的五脏六腑，而上飞机的时间却越来越近了。她总不能坐在这儿，等待一个莫名其妙的奇迹吧！等待？忽然，她脑中闪过一个疯狂的念头，她为什么要等待？她需要的，只是压制下她的骄傲，她的自尊，她的矜持……她只要拨一个电话，主动地拨一个电话，在电话中，她只需要说七个字：

"请你把我留下来！"

如果……如果……如果他竟然不留她呢？如果他根本拒绝她了呢？如果他完全恨她讨厌她了呢？她是否要去自讨没趣？但是……但是……但是，总值得一试啊！这思想开始火焰似的把她燃烧起来了，她再也克制不住自己了，骄傲，自尊，虚荣，矜持……全都冰消瓦解了。她身不由己地走到电话机边，拨号的时候，她的手指颤抖，握着听筒，听着对方的铃响，她竟全身冒着冷汗。江淮，江淮，江淮！只要你慈悲一点，只要你不再生气，只要你……

对方接了电话，一个女性的、年轻的声音：

"喂！我是方明慧，您找哪一位？"

"江淮在吗？"她的声音抖得好厉害，以至于明慧听不出她的声音。

"哦，江先生今天没来上班，大概在家里。您有什么事？要不要留话？"

"哦！"失望使她的头发晕，"不用了！"

挂断了电话，她记起另一个号码，他家里的号码！她再拨了号。握着听筒，对方的铃"丁零零……丁零零……"地响着，她心中开始疯狂地喊："江淮！接电话吧！江淮，接电话吧！江淮，求你接电话吧！江淮……"铃响了十几声，始终没有人接听。她心中一片冰冷，绝望的感觉把她彻底征服了。她握着听筒，忽然想，她似乎还该给江浩打个电话，但是，说什么？一声"对不起"吗？她给他的伤害，似乎不是这三个字所能解决的。算了吧！她又想起她那凌乱的公寓，她早已预付了一年的房租，她应该打个电话告诉房东，那些衣服可以捐给救济院。但是，算了，到伦敦后再写封信来交代吧！时间不早，她不能再耽搁了。

她终于到了机场，从不知道机场里会有这么多人。接客的，送客的。人挤着人，人叠着人。到处都是闪光灯，到处都是花环。送行者哭哭啼啼，接人者哈哈嘻嘻。只有她，孤零零的，穿梭在人群之中，没人啼哭，也没人嬉笑。半年多前，她是这样孤单单地来；半年多后，也是这样孤单单地走。来也没人关心，走也没人留恋。她心中凄苦，凄苦得已经近乎麻木，连天来，发生了太多的事故，已经使她的头脑开始糊里糊涂了。何况，这机场的人那么多，空气那么坏，她觉得气都快喘不过来了。

终于，她穿过了重重人海，来到柜台前面。打开皮包，她拿出护照、机票、黄皮书，开始办手续，刚刚把东西都放在柜台上，忽然，有只手臂横在柜台前拦住了她，她一惊，抬起头来，眼光所触，居然是那年轻的、充满了活力的江浩！她的心狂跳了一阵，弟弟来了，哥哥呢？她很快地四面扫了一眼，人挤着人，人叠着人，没有江淮。江浩盯着她，眼珠亮晶晶的。

"预备就这样走了？"江浩问，"连一声再见都不说？是不是太没有人情味了？"

"对不起。"仓促中，她仍然只想得出这三个字，"我对你非常非常抱歉。"

江浩挑了挑眉毛，耸了耸肩，表情十分古怪。他拿起她放在柜台上的证件，问：

"几点的飞机？"

"四点。"

"现在才两点一刻，你还有时间。"他说，"去咖啡厅坐十分钟，我请你喝杯咖啡，最起码，大家好聚好散。在你走以前，我有几句话想对你说！"

她跟他走上了二楼。她一直有句话想问："你哥哥好吗？"但是，却怎样都问不出口，他既然没来，一切也都很明显了，他恨她！当初，怀着自己的仇恨而来，如今，却要怀着别人的仇恨而去。人类的故事，多么复杂，多么难以预料！

在一个不被人注意的角落里，他们坐了下来。她心不在焉地玩弄着自己的护照和机票，心里有些隐约地明白，江浩可能来意不善。一个被捉弄了的孩子，有权在她离去前给她一点侮辱。她那样意志消沉，那样心灰意冷，那样万念俱灰……她准备接受一切打击，绝不还手。

叫了两杯咖啡，江浩慢慢地开了口：

"我该怎么称呼你？陶小姐？还是晓霜？"

来了，她想。她默然不语，眼光迷蒙地看着咖啡杯，一脸忍耐的，准备接受打击的，逆来顺受的表情。

"好吧！"江浩深吸了口气，"我只好含混着，根本不称呼你什么，希望将来能有比较合理的称呼！"他喝了一口咖啡。"你的飞机快起飞了，我们能谈话的时间不多，我只能长话短说。让我告诉你，我这一生，从没有被人捉弄得这么惨，我真希望你别走，好给我报复的机会。我想过几百种如何报复你的方法，但是，都有缺点，都无法成立。于是，我突发奇想，你欠了我债，你应该还，我不能这样简单地放你走！"

她被动地望着他，一脸的孤独，迷茫和无奈。

"你说吧，要我怎么还这笔债！"

"你曾经为我塑造过一个林晓霜，你怎么知道我喜欢这种类型？既然你如此了解我的需要和渴求，那么，你有义务帮我在真实的人生里去物色一个林晓霜！"

"我不懂。"她困惑地说。

"你不懂？"他挑起眉毛，粗鲁地嚷，"每一个当嫂嫂的人，都有义务帮小叔去物色女朋友！尤其是你！"

她睁大了眼睛，脸色变白了，呼吸急促了，她结舌地、口吃地、吞吞吐吐地说："你……你……你说什么？"

江浩忽然从桌子底下拿出一件东西，推到她面前，说："我们找了锁匠，去偷你的公寓，你似乎忘记带走一件东西，我给你送来了！"

她看过去，是那对水晶玻璃的雁子！母雁子舒服地倚在巢中，公雁子正体贴地帮她刷着羽毛，一对雁子亲亲热热地依偎着。她骤然眼眶湿润，泪水把整个视线都模糊了，她透过泪雾，一瞬也不瞬地望着那对雁儿，只觉得气塞喉堵。她不能呼吸了，不能思想了，不能说话了，她用双手抚顺那雁子，泪珠成串地滚落了下来，她找不到化妆纸，只能用衣袖去擦眼泪。于是，对方递来了一条干净的大手帕，低沉地说：

"擦干你的眼泪，不许再哭了！两天以来，你已经流了太多眼泪！以后，你该笑而不该哭！"

是谁在说话？江浩吗？这不是江浩的声音啊！她迅速地抬起头来，对面坐着的，谁说是江浩？那是江淮！江浩早已不知何时走掉了，那是江淮！她想过一千遍，念过一千遍，盼过一千遍……的江淮！奇迹毕竟来了！她闪动着睫毛，张着嘴，想说话，却一个字也吐不出来，只感到眼泪发疯般地涌出眼眶，发疯般地在面颊上奔流，她握着那条大手帕，却震动得连擦眼泪都忘了。她只是含泪瞅着他，不信任地，狂喜地，又要哭又要笑地瞅着他。江淮深深地凝视着她，表面的安静却掩饰不住声音里的激情：

"我和你捉了一整天的迷藏，早上，我和江浩赶到你的公寓，没人开门，我们找了锁匠，开门进去，发现你什么都没带，却找不到你的机票和护照，我当时血液都冷了。我们赶到机场，查每一班出境班机的名单，没有你的名字。中午，我到了碧槐的墓前，发现了日记本的残骸和满墓的蒲公英花。然后，我赶到心韵，老板娘说你刚走。我再飞车来机场。幸好，我先安排了江浩守在这儿，预防你溜掉……"他的眼光直看到她的眼睛深处去，声音变得又低柔又文雅，充满了深深的、切切的柔情，"真要走？真忍心走？真有决心走？真能毫无留恋地走？"

她答不出话来，眼泪把什么都封锁了，把什么都蒙蔽了。

她用那大手帕擦着眼睛，擤着鼻涕，觉得自己哭得像个小傻瓜。然后，他忽然递过来一张卡片，对折着像放在餐桌上的菜单。她以为他要她吃东西，她摇头，还是哭。他把那卡片更近地推到她面前，于是，她骤然发现，那是张白色的卡片，上面用签字笔潦草地画着一只雁子在天上飞，有条线从这雁子身上通下来，另一只雁子站在巢中，正在用嘴紧拉住这条线。在这张图旁边，他龙飞凤舞般地写着几行字：

问雁儿，你为何流浪？

问雁儿，你为何飞翔？

问雁儿，你可愿留下？

问雁儿，你可愿成双？

我想用柔情万丈，

为你筑爱的宫墙，

却怕这小小窝巢，

成不了你的天堂！

我愿在你的身旁，

为你遮雨露风霜，

又怕你飘然远去，

让孤独笑我痴狂！

她捧起了这张卡片，狂欢填满了她的胸怀，但是，她的泪水似乎更多了。她反复地读着那句子，反复地看着那草图。不知怎的，只是想哭。泪水像泉水般不停地涌出来，他伸手握住了她的手。

"怎么?"他说,声音也是沙哑而哽塞的。"你什么话都不说吗?你没有什么话要告诉我吗?"

"我……我……"她抽噎着,"我想说,但是不敢说。"

"为什么?"

"我……我……怕你以为……以为是台词!"

"说吧!"他鼓励地,"我愿意冒险。"

"我……我……"她啜嚅着,"我爱你!"

他握紧了她的手,握得她发痛。扩音器里在报告,一次又一次地报告:

"'中华航空公司'第×××号班机即将起飞,请未办出境手续的旅客赶快到出境室!"

她看看他,吸了吸鼻子:"这是我的班机。"她说。

他拿起桌上的机票,眼睛始终没有离开过她的脸,他把那机票慢慢地撕碎。燃着了打火机,他把碎片燃烧起来,放在烟灰缸里。

桌上,那对水晶玻璃的雁子,在灯光的照耀下,在那火焰的辉映下,折射着几百种艳丽的、夺目的光华。

——全书完——

一九七七年四月十五日夜初稿完稿
一九七七年四月二十八日凌晨初度修正
一九七七年五月十七日黄昏再度修正
一九七七年五月二十七日黄昏三度修正

（京权）图字：01-2024-1731

图书在版编目（CIP）数据

雁儿在林梢 / 琼瑶著 . -- 北京：作家出版社，2024.10
（琼瑶作品大合集）
ISBN 978-7-5212-2873-1

Ⅰ . ①雁… Ⅱ . ①琼… Ⅲ . ①长篇小说－中国－当代
Ⅳ . ①I247.5

中国国家版本馆 CIP 数据核字（2024）第 097251 号

雁儿在林梢

作　　者：琼　瑶
责任编辑：陈亚利
装帧设计：棱角视觉　纸方程·于文妍
出版发行：作家出版社有限公司
社　　址：北京农展馆南里 10 号　　　　邮　　编：100125
电话传真：86-10-65067186（发行中心）
　　　　　86-10-65004079（总编室）
E-mail: zuojia@zuojia. net. cn
http: // www. zuojiachubanshe. com

字　　数：155 千
印　　张：7.375
版　　次：2024 年 10 月第 1 版
印　　次：2024 年 10 月第 1 次印刷
ISBN 978-7-5212-2873-1
定　　价：36.00 元

品　琼　瑶　经　典

忆　匆　匆　那　年

琼 瑶 作 品 大 合 集

1963	《窗外》	1981	《燃烧吧！火鸟》
1964	《幸运草》	1982	《昨夜之灯》
1964	《六个梦》	1982	《匆匆，太匆匆》
1964	《烟雨蒙蒙》	1984	《失火的天堂》
1964	《菟丝花》	1985	《冰儿》
1964	《几度夕阳红》	1989	《我的故事》
1965	《潮声》	1990	《雪珂》
1965	《船》	1991	《望夫崖》
1966	《紫贝壳》	1992	《青青河边草》
1966	《寒烟翠》	1993	《梅花烙》
1967	《月满西楼》	1993	《鬼丈夫》
1967	《翦翦风》	1993	《水云间》
1969	《彩云飞》	1994	《新月格格》
1969	《庭院深深》	1994	《烟锁重楼》
1970	《星河》	1997	《还珠格格第一部1阴错阳差》
1971	《水灵》	1997	《还珠格格第一部2水深火热》
1971	《白狐》	1997	《还珠格格第一部3真相大白》
1972	《海鸥飞处》	1997	《苍天有泪1无语问苍天》
1973	《心有千千结》	1997	《苍天有泪2爱恨千千万》
1974	《一帘幽梦》	1997	《苍天有泪3人间有天堂》
1974	《浪花》	1999	《还珠格格第二部1风云再起》
1974	《碧云天》	1999	《还珠格格第二部2生死相许》
1975	《女朋友》	1999	《还珠格格第二部3悲喜重重》
1975	《在水一方》	1999	《还珠格格第二部4浪迹天涯》
1976	《秋歌》	1999	《还珠格格第二部5红尘作伴》
1976	《人在天涯》	2003	《还珠格格第三部天上人间1》
1976	《我是一片云》	2003	《还珠格格第三部天上人间2》
1977	《月朦胧鸟朦胧》	2003	《还珠格格第三部天上人间3》
1977	《雁儿在林梢》	2017	《雪花飘落之前——我生命中最后的一课》
1978	《一颗红豆》	2019	《握三下，我爱你——翩然起舞的岁月》
1979	《彩霞满天》	2020	《梅花英雄梦之乱世痴情》
1979	《金盏花》	2020	《梅花英雄梦之英雄有泪》
1980	《梦的衣裳》	2020	《梅花英雄梦之可歌可泣》
1980	《聚散两依依》	2020	《梅花英雄梦之飞雪之盟》
1981	《却上心头》	2020	《梅花英雄梦之生死传奇》
1981	《问斜阳》		

9 788752 122873